PIERRE BELLEMARE
JACQUES ANTOINE

Les Dossiers d'Interpol

Tome IV

EDITION N° 1

LES DOSSIERS D'INTERPOL
Tome 4

Pierre Bellemare est né en 1929.
Dès l'âge de dix-huit ans, son beau-frère Pierre Hiegel lui ayant communiqué la passion de la radio, il travaille comme assistant à des programmes destinés à R.T.L.
Désirant bien maîtriser la technique, il se consacre ensuite à l'enregistrement et à la prise de son, puis à la mise en ondes.
C'est Jacques Antoine qui lui donne sa chance en 1955 avec l'émission *Vous êtes formidables.*
Parallèlement, André Gillois lui confie l'émission *Télé-Match.*
A partir de ce moment, les émissions vont se succéder, tant à la radio qu'à la télévision.
Pierre Bellemare ayant le souci d'apparaître dans des genres différents, rappelons pour mémoire :
Dans le domaine des jeux : *La tête et les jambes, Pas une seconde à perdre, Déjeuner show, Pièces à conviction, Le Sisco, Le Tricolore.*
Dans le domaine journalistique : *10 millions d'auditeurs,* à R.T.L.; *Il y a sûrement quelque chose à faire,* sur Europe 1.
Les variétés avec : *Pleins feux,* sur la première chaîne.
Interviews avec : *Témoins,* sur la deuxième chaîne.
Et enfin, et c'est peut-être le genre qu'il préfère, les émissions où il est conteur : *C'est arrivé un jour,* sur TF 1; sur Europe 1, *Les Dossiers extraordinaires, Les Dossiers d'Interpol* et *Histoires vraies.*

Jacques Antoine est né le 14 mars 1924 à Paris, fils d'André-Paul Antoine, auteur dramatique, et petit-fils d'André Antoine, fondateur du Théâtre-Libre.
Animateur depuis 1949 de sociétés de production de programmes de radio et de télévision, et directeur des programmes de Télé-Monte-Carlo, Jacques Antoine est, avant tout, un créateur. Il est donc impossible d'énumérer les programmes dont il est l'inventeur, seul ou en collaboration. Trois genres. Les jeux : de *La tête et les jambes* au *Schmilblic,* du *Tirlipot* à *La Bourse aux idées,* du *Tiercé de la chanson* à *Seul contre tous, Les Incollables, La Course autour du Monde,* le *Francophonissime,* etc. Les émissions d'un style très personnel et n'entrant dans aucune catégorie définie, comme *Le Club des rescapés, Monsieur B. court toujours, C.Q.F.D., Vous êtes formidables, Il y a sûrement quelque chose à faire...*

Suite au verso

Enfin, les émissions qui requièrent les qualités d'un écrivain : soit pour des feuilletons à un personnage *(Peter Gay, Les Tyrans sont parmi vous, Paola Pazzi)*, soit destinées à un conteur tel que Pierre Bellemare *(Histoires vraies, Les Contes du pot de terre contre le pot de fer, Les Dossiers extraordinaires, Les Aventuriers, Les Nouveaux Dossiers extraordinaires, Les Dossiers d'Interpol* sur Europe 1).

ŒUVRES DE JACQUES ANTOINE et PIERRE BELLEMARE

Dans Le Livre de Poche :

LES DOSSIERS EXTRAORDINAIRES DE PIERRE BELLEMARE.

LES NOUVEAUX DOSSIERS EXTRAORDINAIRES DE PIERRE BELLEMARE.

LES AVENTURIERS.

LES AVENTURIERS *(nouvelle série)*.

LES DOSSIERS D'INTERPOL, tome I.

LES DOSSIERS D'INTERPOL, tome II.

LES DOSSIERS D'INTERPOL, tome III.

LES DOSSIERS D'INTERPOL, tome V.

AVERTISSEMENT AUX LECTEURS

Ces textes ont été adaptés de l'émission « Interpol » de Pierre Bellemare et Jacques Antoine, diffusée chaque jour sur Europe 1.

Les auteurs ont demandé à l'O.I.P.C.-Interpol de les aider de ses conseils. Cette supervision n'a porté que sur les seules modalités techniques de la coopération internationale. En effet, les dossiers de cet organisme étant strictement confidentiels, les auteurs se sont inspirés pour chaque affaire des articles parus d'abondance dans la presse mondiale.

Pour des raisons morales autant que juridiques (les lois sur la prescription sont fort différentes selon les pays) et pour que ces récits puissent entrer dans le cadre de cet ouvrage, consacré à Interpol, les auteurs ont dû modifier certains noms propres, certains noms de lieux, voire certaines circonstances : des affaires paraissent donc rigoureusement inchangées, d'autres ne peuvent être que partiellement reconnues, d'autres enfin ne permettent aucune identification mais sans qu'y soient altérés la psychologie des personnages, l'esprit et le climat.

QU'EST-CE QU'INTERPOL ?

LES extraordinaires facilités de déplacements offertes par la vie moderne, l'accroissement considérable des populations, des échanges et des moyens de paiement, ont multiplié les occasions de criminalité « internationale » tandis que les frontières constituent comme par le passé une protection pour les malfaiteurs et un obstacle pour les polices.

Peut être considérée comme infraction internationale toute activité criminelle qui concerne plusieurs pays, soit par la nature des actes commis, soit en raison de la personnalité ou de la conduite de son ou de ses auteurs.

La qualification de crime international n'est pas liée à la gravité de l'acte criminel : un malfaiteur qui a volé dans les magasins, mais dans plusieurs pays successivement, est un criminel itinérant donc international.

Mais il n'existe ni de code ni de règle pénale internationaux et ce qui est considéré ici comme un crime grave est ailleurs anodin. De plus, dans chaque pays, la police est organisée de manière différente et ses services, souvent nombreux, sont articulés entre eux de façon complexe. Ici, la police est nationalisée ; là, elle relève des autorités locales. Ici, elle a une compétence globale ; là, les fonctions policières sont réparties entre plusieurs services. Donc comment serait-il possible à un policier d'une ville du Pérou de faire effectuer, en cas de nécessité, une recherche dans tous les pays d'Asie ? Comment pourrait-il savoir quels doivent être ses interlocuteurs étrangers dans tous les autres pays du monde ?

C'est pourquoi les responsables de la protection des citoyens de plusieurs pays, cherchant à lutter contre la criminalité internationale, ont créé en 1923 un organisme de coopération policière : l'Organisation Internationale de Police Criminelle dont le siège fut d'abord à Vienne.

Lorsque le Secrétariat général s'installa à Paris en 1946, on choisit comme adresse télégraphique le vocable : « Interpol » qui fut adopté en 1947 pour chaque Bureau central national d'Interpol. Les médias utilisèrent peu à peu ce mot pour désigner l'ensemble du dispositif de coopération. Dans les journaux, à la radio, fleurirent les expressions « Interpol Londres » a saisi « Interpol Rome » ou bien : « Interpol s'occupe de l'affaire X... »

L'O.I.P.C.-Interpol doit assurer l'assistance réciproque la plus large de toutes les autorités de police criminelle et développer toutes institutions contribuant à la prévention et à la répression des infractions de droit commun. Cela dans le cadre des lois existant dans les différents pays membres et selon l'esprit de la Déclaration Universelle des Droits de l'Homme.

Toute activité ou intervention dans des questions ou affaires présentant un caractère politique, militaire, religieux ou racial est rigoureusement interdite à l'Organisation.

A ce jour, 127 pays ont donc désigné leur organisme officiel de police dont les fonctions sont compatibles avec les activités de l'O.I.P.C. pour en être membres.

Il a fallu élaborer certaines méthodes adoptées en commun, résoudre des questions juridiques, linguistiques, etc., et, pour assurer une « permanence », une continuité et des moyens d'action, créer un Secrétariat général et les Bureaux centraux nationaux d'Interpol.

Une assemblée générale et un comité exécutif dirigent donc l'O.I.P.C. tandis que Secrétariat général et Bureaux centraux nationaux sont les rouages techniques permanents qui en assurent le fonctionnement quotidien.

Le rôle des B.C.N. est capital : ils sont compétents pour demander aux polices des autres pays des échanges d'informations, des recherches, des identifications, des auditions, des arrestations. A l'inverse, à la demande des autres pays, ils déclenchent toutes opérations policières sur leur propre territoire, en fonction de leur législation nationale. Ils assurent aussi la participation active de leur pays à la coopération internationale en faisant appliquer chez eux les résolutions adoptées par l'O.I.P.C. et veillent au respect des statuts.

Les B.C.N. peuvent régler rapidement les problèmes posés quotidiennement, y compris les problèmes linguistiques. Par exemple : si n'importe quel détective local est en présence d'un cas qui comporte des développements internationaux, il s'adresse au service désigné dans son propre pays comme « B.C.N.-Interpol »... et l'affaire suivra alors son cours partout à travers le monde.

Les B.C.N.-Interpol entretiennent entre eux des rapports directs, exempts de formalisme, mais doivent rester en liaison étroite avec le Secrétariat général qu'ils informent de leurs activités et dont ils demandent, le cas échéant, l'intervention.

Le Secrétariat général Interpol à Saint-Cloud près de Paris est une administration internationale ne relevant d'aucun gouvernement particulier. Il dispose de deux fichiers principaux : un fichier alphabétique et un fichier phonétique. Ils sont complétés par des fichiers spéciaux (noms des bateaux, immatriculation des voitures suspectes, numéros des passeports utilisés par des individus surveillés, etc.). Les fiches renvoient à des dossiers « individuels » ou à des dossiers « d'affaires » qui contiennent la documentation proprement dite.

C'est aux archives spécialisées que sont classées les empreintes digitales des malfaiteurs internationaux. On y trouve, en outre, un fichier photographique.

Bien entendu, chaque Bureau central national d'Interpol dispose d'une station radio-électrique intégrée dans le système de télécommunications de la police de son pays. Les B.C.N. sont groupés par zones géographiques autour d'une station régionale, elle-même reliée à une station centrale.

La station centrale du Secrétariat général assure la liaison entre toutes les stations régionales mais aussi la fonction de « station régionale » pour le réseau Europe-Méditerranée.

Généralement, Interpol communique en morse parce que ce système, le moins cher, le plus fiable, permet d'être reçu simultanément par de nombreuses stations, élimine les difficultés de langage, les opérateurs recevant et émettant des messages même s'ils ne les comprennent pas. Mais certains B.C.N. disposent de moyens plus sophistiqués.

Pour diffuser le signalement des personnes, Interpol utilise des notices signalétiques portant un coin rouge s'il s'agit d'une demande d'arrestation ; bleu s'il s'agit d'une demande de renseignements ; vert s'il s'agit de prévenir des agissements d'un malfaiteur international ; noir enfin s'il s'agit d'un cadavre à identifier.

Bien sûr, tout ceci est très schématique car l'activité d'Interpol est multiple : elle va de la diffusion de formulaires pour l'identification des victimes des grandes catastrophes à la diffusion d'un fichier de plus de mille marques de machines à écrire différentes, permettant d'identifier une machine d'après les missives qu'elle a frappées, en passant par une bibliographie sur les armes à feu ou une brochure spéciale à feuillets mobiles décrivant par pays les systèmes et les mécanismes de numérotation des plaques d'identification des véhicules automobiles, etc.

Comme on le voit, Interpol n'est pas une « super-brigade internationale » composée de « super-détectives » mais un système de coopération dans lequel chaque pays, responsable chez lui, agit avec ses hommes à lui, ses propres services, ses propres lois et ses propres méthodes.

Nous remercions M. BOSSARD, Secrétaire général et le Detective Chief-superintendant KENDALL, directeur de la Division de Police d'avoir bien voulu répondre aux questions de notre documentaliste Gaëtane BARBEN sur les modalités de la coopération qui se développe lorsqu'un policier obscur, quelque part sur notre planète où le soleil ne se couche jamais, met en branle cette grande machine à moudre le quotidien.

Jacques ANTOINE - Pierre BELLEMARE.

CASANOVA DÉMASQUÉ

LONDRES, un soir de l'hiver 1962. Un groupe de femmes et d'hommes est attablé dans un restaurant chic. L'un des distingués convives se penche vers la très belle brune assise à côté de lui :

« Ne te retourne pas... Georges est derrière nous. »

La très belle femme brune et le dénommé Georges ont divorcé la veille. La rencontre est malheureuse.

« Avec qui est-il ? demande la femme.

— Ma foi, une fille ravissante. L'air un peu godiche, un visage poupin de bécassine, mais tout de même ravissante. »

Dans le groupe, une autre femme moins jeune que les autres et couverte de bijoux fait du pied sous la table à n'importe qui : ils sont six ou sept hommes, et celui qui bénéficie de cet appel n'en laisse rien paraître.

« Mais ma parole, Clive, tu as encore du rouge à lèvres entre les deux yeux ! »

C'est une adorable rouquine qui vient de faire cette constatation d'un ton acerbe. Celui qu'elle appelle Clive est un très très singulier personnage. Pour le moment, il sourit avec une certaine morgue. Il est grand, et dans la lumière tamisée du restaurant on lui donnerait la trentaine. Il est brun. Il a des dents blanches éblouissantes. Il est souriant, drôle et prétentieux. L'œil vif, il mène une conversation alerte et brillante, ce qui lui est d'autant plus facile qu'il est doué d'une prodigieuse mémoire, comme il est doué, d'ailleurs, d'un véritable génie mathématique. Grâce à ces dons étonnants, il est devenu champion de bridge et a écrit des montagnes de livres sur le sujet.

Alors que les autres ont hérité de leurs richesses, Clive est un « self-made-man ». Il n'y a pas besoin, pour compter sa fortune, d'autant de zéros que pour estimer celle des Rothschild ou des Tanderbilt, mais les leçons particulières qu'il donne aux femmes du monde, ses honoraires fantastiques et la vente de ses livres lui permettent tout à la fois un joli train de vie et la fréquentation permanente de ce gratin de milliardaires attablés. Les leçons particulières lui permettent aussi de satisfaire d'autres exigences sur lesquelles il n'appartient à personne de s'attarder. Il n'est que de constater l'ambiance délicieusement équivoque de la réunion.

Dans quelques heures, la police en reconstituera chaque instant et se donnera beaucoup de mal pour savoir qui est l'amant de qui. Qui a quitté qui. Qui est jaloux de qui. Et qui soupire après qui. Ce ne sera pas simple.

Après avoir quitté le restaurant pour une boîte de nuit, le groupe se sépare. Seul événement remarquable depuis qu'elle a découvert du rouge à lèvres entre les yeux de Clive, l'adorable rouquine lui fait la tête. Le professeur de bridge, rendant coup pour coup, décide donc de rentrer seul chez lui et en taxi. Il n'aime pas jouer au bridge en amour, il devine trop le jeu de l'adversaire.

Un chauffeur de taxi pourra déclarer qu'il a déposé à deux heures trente un client, grand brun et bel homme en smoking, aux dents éblouissantes, devant un hôtel particulier de trois étages dans Piccadilly. C'est Clive, il y demeure seul. Bien que brillant sexuellement et follement actif en ce domaine, c'est un homme discret. Ni son chauffeur ni aucun domestique n'habite la maison. Sans doute ne veut-il pas exposer ses visiteuses nocturnes à la curiosité du personnel.

A huit heures trente, une vieille dame en noir, tirée à quatre épingles, élégante comme une femme du monde sur le déclin et qui possède la clef de l'hôtel particulier, ouvre la porte. Mais le facteur est déjà passé. Elle voit avec étonnement des lettres éparpillées par terre. Elles sont tombées, l'une toujours plus loin que l'autre, de sorte qu'elle en ramasse sept qui la conduisent, comme le Petit Poucet, vers le living-room dont la porte à deux battants est grande ouverte. Une dernière enveloppe déchirée laisse paraître un dépliant publicitaire sur le tapis. C'est alors que la vieille gouvernante entend un bruit bizarre, inquiétant, une sorte de halètement pénible.

Elle relève la tête et aperçoit d'abord deux pieds nus sortant d'un pantalon de pyjama. Ce pyjama de soie, elle le reconnaît bien. Elle le plie chaque matin. C'est celui de son patron. Au-delà du pantalon de pyjama, un ventre nu et, de chaque côté, deux mains immobiles. Un peu plus haut, la tête d'un homme assis qu'elle ne connaît pas. Une cinquantaine d'années, des joues creuses, une bouche grande ouverte et sans dents, des yeux comme vitrifiés, entre lesquels un vilain trou d'où coule un filet de sang. Dans la pénombre, un rayon de lumière, filtrant entre les volets, fait luire un crâne chauve et brillant comme une boule de billard.

La vieille gouvernante a porté les mains à sa gorge, ses yeux et sa bouche se sont arrondis. Elle se tourne vers la chambre du maître et appelle :

« Monsieur ! Monsieur ! »

C'est bien entendu son patron qu'elle appelle. Mais le patron ne répond pas, et elle comprend vite pourquoi. En regardant à nouveau de ses yeux horrifiés le crâne chauve et la bouche édentée qui halète, elle doit se rendre à l'évidence. L'homme qu'elle a toujours connu, élégant et distingué, aux dents éclatantes de blancheur, aux cheveux soignés, est assis là, misérable à l'heure de sa mort, incapable de parler, chauve et sans dents, une sorte de Casanova sans masque.

La vieille gouvernante se précipite alors dans la rue pour appeler le premier policeman venu. Un quart d'heure plus tard, ils sont tous là : les policiers en civil et en uniforme, le médecin légiste et le commissaire.

« Aucune chance... dit le médecin. Il s'agit d'une balle de fort calibre. Elle s'est logée en plein milieu du cerveau. »

Le professeur de bridge expire, tandis que le commissaire perquisitionne dans sa chambre et constate qu'il ne s'y trouve pas d'arme. Par contre, il découvre une armoire munie d'une serrure spéciale.

Un spécialiste, hâtivement convoqué, parvient à l'ouvrir. Le meuble contient deux douzaines de perruques posées sur des têtes de plâtre et deux douzaines de corsets. On y trouve aussi deux appareils dentaires complets, haut et bas. Tout l'attirail d'une vieillesse misérable qui ne veut pas céder.

Le commissaire, un grand gaillard bronzé, blond et sportif, reste quelques instants les bras ballants devant cette étrange découverte. Puis il se reprend et interroge la vieille gouvernante.

« Vous saviez ce qu'il y avait dans cette armoire ? »

La brave femme est complètement suffoquée. Incapable de dire un mot, elle se contente de secouer négativement la tête.

« Et vraiment, vous ne l'avez jamais vu à l'état naturel ?

— Non. Il m'interdisait, et au chauffeur aussi, d'arriver avant huit heures, et je ne l'ai jamais vu couché.

— Il n'a jamais été malade ?

— Si, mais pas gravement, et il a toujours veillé à ne pas paraître sous cet aspect.

— Il recevait la nuit ?

— Assez souvent, répond la gouvernante gênée.

— Comment le saviez-vous puisque vous n'étiez pas là ?

— Souvent, le matin, je trouvais un mouchoir... ou un bijou oublié sur un meuble. Je me contentais de les poser sur son bureau, et il devait les restituer discrètement à leur propriétaire.

— Est-ce qu'il a été marié ?

— Oui, mais il y a longtemps qu'il ne vit plus avec sa femme et son fils. D'ailleurs, il a divorcé il y a quatre ans.

— Il lui verse une pension ?

— Oui. Assez importante, je crois. Sa femme est journaliste, et c'est elle qui lui écrivait ses manuels de bridge parce qu'il n'avait pas la plume facile.

— A votre avis, pouvait-il avoir des ennemis ?

— Non. Je ne pense pas. Monsieur était très généreux. Il a toujours gâté sa famille, ses frères et ses sœurs...

— Combien y a-t-il de clefs ?

— Deux. J'en ai une, Monsieur avait l'autre, celle qui est sur la table de nuit.

— Votre patron avait-il un revolver ?

— Oui, un gros, dans le tiroir de la table de nuit. »

Le commissaire regarde alors longuement la vieille gouvernante :

« Madame, il n'y avait que deux clefs pour ouvrir cette maison, et nous avons ces deux clefs, cela pourrait donc être un suicide. Mais le revolver n'est pas dans la chambre, et si c'est un suicide, personne d'autre que vous ne peut l'avoir caché. »

La vieille gouvernante, scandalisée, affirme n'avoir trouvé aucune arme, et que Clive se soit suicidé lui paraît absurde. Ce doit être vrai, car la maison fouillée de fond en comble ne révèle rien d'autre. Là-dessus, le téléphone sonne, et le commissaire décroche.

« Allô ! Clive ? dit une voix féminine.

— Non. Je suis le docteur, répond le commissaire.

— Qu'est-ce qui se passe ? Il est malade ?

— Oui, gravement.

— J'arrive... » conclut la femme qui raccroche.

Dans le répertoire téléphonique de la victime, on relève une liste importante de noms de femmes. Des femmes à qui il donnait des leçons de bridge sans doute. N'importe laquelle de ces femmes aurait pu passer la nuit ici. Mais la vieille gouvernante n'en connaît qu'une : une dénommée Carole qui venait très souvent le voir dans la journée et dont le beau-frère était un très vieil ami de Clive.

Le médecin légiste, lui, fait son rapport :

« A mon avis, l'assassin était assis dans le fauteuil en face de la victime lorsqu'il a tiré. Ce doit être un calibre de 8 millimètres. C'est un revolver très lourd et très puissant. Une femme peut difficilement manier une arme pareille, sauf si elle est très sportive ou très entraînée. »

L'un des détectives, qui vient d'enquêter auprès des standards téléphoniques, déclare :

« Cet homme n'a pas dormi de la nuit. A trois heures du matin, il a demandé un numéro en Italie, à Rome. A quatre heures trente-six, il a appelé le beau-frère de Carole. A six heures neuf, il a demandé l'un de ses amis dans le Sussex. Ils sont tous les deux propriétaires d'une écurie de courses.

— Pourtant, il a dû s'allonger un moment, remarque le commissaire, car le dessus-de-lit a conservé son empreinte.

— Ce qu'il y a de sûr, dit un détective qui apparaît les mains pleines de bijoux de valeur et de billets de banque, c'est qu'on ne l'a pas tué pour le voler. Là-dedans, il y a pour plus de 10 000 livres ! »

Enfin, le commissaire, après avoir lu les lettres ouvertes que le Casanova sans masque a semées derrière lui, ne trouve rien d'intéressant. Il demande à la vieille gouvernante :

« C'est normal qu'il ait laissé tomber ses lettres comme ça... au hasard ?

— Non, monsieur était au contraire très ordonné. »

Le commissaire doit donc admettre que cet homme était cette nuit-là très tourmenté. Reste à savoir ce qui pouvait l'agiter ainsi.

Entre-temps, la jeune Carole arrive. C'est elle l'adorable rouquine. Elle fait une entrée tumultueuse et parfumée :

« Qu'est-ce qui est arrivé à Clive ? »

Devant la mine de circonstance du ban et de l'arrière-ban de la police rassemblée, elle comprend.

« On l'a tué ? »

Elle hurle, gémit, sanglote :

« Je veux le voir !

— Vous voulez vraiment ? »

Et le commissaire la conduit dans la chambre. Là, l'adorable rouquine reste médusée. Son immense chagrin fait place à une stupeur mêlée d'une horreur indicible. D'abord incrédule, elle s'approche du cadavre pour l'examiner, pour être sûre que c'est bien lui, et regarde le commissaire avec des yeux en points d'interrogation. Son amant, son bel amant, serait ce tas de rides avachies, ce chauve, ce vieillard ?

Le commissaire lui montre, bien rangées dans l'armoire, sur leurs figures de plâtre, les deux douzaines de perruques, sur la planche du dessous l'empilement des corsets, et dans leur coin les dents éblouissantes d'une fraîcheur inutile.

« Quand lui avez-vous parlé pour la dernière fois ? » demande le commissaire.

C'est à peine si l'on entend l'adorable rouquine murmurer :

« Cette nuit.

— Vous étiez ici ?

— Absolument pas. Nous nous sommes séparés hier soir légèrement en froid. Nous sommes rentrés chacun de notre côté, et je l'ai appelé vers trois heures du matin pour me réconcilier.

— Pourquoi vous étiez-vous disputés ?

— Parce qu'il avait du rouge, du rouge à lèvres, là... »

Et elle montre entre les deux yeux l'endroit précis de la blessure mortelle. Étrange coïncidence.

De tous les amis du professeur de bridge, l'enquête révèle qu'un seul a manifesté une véritable haine à son égard : c'est l'ex-mari de Carole. Mais celui-ci prétend, mi-souriant, mi-goguenard, avoir dormi seul chez lui. De son côté, un détective cuisine si bien l'une des jeunes femmes qui les accompagnaient la soirée précédente qu'elle avoue avoir passé la nuit avec lui. C'est un alibi en béton armé.

Alors, le commissaire entreprend d'interroger l'ex-femme du professeur de bridge :

« Je réponds tout à fait au portrait de la criminelle possible, déclare celle-ci en riant. Comme vous pouvez le voir, je suis grande et sportive, j'ai fait autrefois du tir à l'arc et au pistolet. Je suis la seule femme à laquelle mon ex-mari aurait pu ouvrir la nuit sans prendre de précautions spéciales. Seulement, je ne vois pas l'intérêt que j'aurais eu à le tuer. Il m'avait fait savoir que la pension qu'il me versait cesserait après sa mort. Vous pouvez vérifier. »

Le commissaire téléphone au notaire, et celui-ci confirme.

« Je ne suis certaine que d'une chose, conclut l'ex-épouse de Clive. J'ai été sa femme pendant douze ans : alors croyez-moi, il était d'une telle fatuité qu'il ne se serait jamais présenté à une femme en pyjama, le ventre à l'air, sans corset, sans dentier et sans perruque. Donc, c'est un homme qui l'a tué.

— Ou une femme qui l'a surpris, ajoute le commissaire.

— Je ne crois pas. Elle aurait eu pitié. On ne tire pas sur Casanova au moment où il perd son masque... »

Quoi qu'il en soit, et nonobstant cette belle affirmation, l'enquête piétine. Elle piétine jusqu'à ce que, grâce à Interpol, on retrouve à

Rome le destinataire de l'un des appels nocturnes de Clive. Il s'agit d'une jeune fille de vingt-trois ans : Gina Rampioni. Gina n'était pas à Rome le soir de l'appel de Clive, mais en Angleterre où elle se rend fréquemment. Elle est la fiancée d'un Italien travaillant à Londres comme chauffeur de maître, et, pour trouver la jeune fille, on cherche le chauffeur, c'est le chauffeur de Clive.

Une enquête efficace et rapide permet d'établir que le séduisant Casanova a bien connu la jeune et jolie fiancée de son chauffeur. Il est dès lors facile pour le commissaire d'imaginer la vérité. Celle-ci n'aurait rien de foncièrement original, n'était la chute assez extraordinaire.

Donc notre Casanova tombe amoureux de la belle et jeune Italienne. Celle-ci, fascinée par l'extraordinaire séduction, l'élégance, la distinction et tout le charme que le professeur de bridge sait déployer, est bientôt follement éprise.

Ceci n'aurait rien de grave si notre Casanova se contentait de ranger cette nouvelle conquête dans sa galerie de portraits. Mais il veut aller plus loin. Peut-être songe-t-il à ses vieux jours, peut-être est-il las de la comédie qu'il joue, peut-être croit-il avoir rencontré une femme qui l'aime suffisamment pour supporter la vérité. Alors, sans se démasquer encore devant elle, il lui propose la vie en commun.

La veille du crime, la jeune fille se décide à rompre avec son fiancé chauffeur. Celui-ci n'a jamais vu son maître à l'état naturel, mais, depuis dix ans qu'il est à son service, il a pu observer maints détails grâce auxquels il sait à quoi s'en tenir, car les rétroviseurs sont indiscrets. Au lieu d'être furieux, il éclate de rire :

« Non, mais tu sais que c'est un vieux schnock ? Tu sais quel âge il doit avoir ? Au moins cinquante ans ! Et il porte une perruque. Il n'a plus une dent à lui et il met un corset ! »

Après une longue scène, comme la jeune fille est d'abord incrédule, puis prétend qu'il exagère, le chauffeur se décide à appeler son patron. Il est environ trois heures trente du matin. L'explication n'a rien d'orageuse ; les deux hommes s'expliquent au contraire froidement.

« Gina est à Londres, dit le chauffeur.

— Je sais. Je viens d'appeler Rome.

— Elle vient de me dire que vous lui aviez fait des promesses.

— C'est vrai. Et ce sont des promesses sérieuses.

— Vous n'avez pas honte ? demande enfin le chauffeur après un silence.

— Ce n'est pas votre avis qui m'intéresse, c'est celui de Gina.

— D'accord. Mais pour qu'elle ait un avis, il faudrait qu'elle vous voie tel que vous êtes. Est-ce que vous en auriez le courage ? Si je vous l'amène demain matin, est-ce que vous aurez le courage de la recevoir sans corset, sans perruque et sans dents ? »

Du courage, il en a certainement fallu beaucoup au séduisant professeur de bridge pour répondre :

« Venez demain matin, avant huit heures si possible. »

A sept heures trente, peu après le passage du facteur, le chauffeur et Gina étaient à la porte. Alors, devant la jeune et ravissante Italienne aux cheveux noirs d'un brillant tout neuf, aux joues dorées de fruit à peine mûr, devant le chauffeur, un peu veule, pas très intelligent, mais mince, sans rides, sous sa petite moustache bien proprette à la Clark Gable... se dresse le Casanova sans masque.

Le chauffeur a un sourire de triomphe, car le spectacle est plus atroce qu'il ne l'espérait. Gina a un haut-le-corps, elle pâlit et ne peut articuler un son...

« Bonjour, Gina. Entrez », dit Casanova.

Mais sans dentier, la voix n'est plus la même... Malgré son intelligence, son éloquence et son habileté, le professeur de bridge est dans un tel état d'infériorité qu'il ne parvient pas à reprendre la situation en main.

Le chauffeur, très à l'aise et profitant de son avantage, secoue alors la tête avec une expression de dédain.

« Puis-je faire remarquer à Monsieur qu'il a encore du rouge à lèvres entre les deux yeux ? »

En d'autres circonstances, une telle remarque provoquerait la jalousie de Gina. A cet instant, elle n'inspire que le dégoût. Le chauffeur est malin et cruel aussi.

« C'est bon, je vous laisse... dit-il, désormais sûr de lui. Je reviendrai chercher Gina dans un quart d'heure. »

La femme du Casanova sans masque s'était trompée. Une femme aurait eu pitié de lui. Pas une jeune fille, qui découvre que l'objet de son premier amour est un horrible vieillard qui lui a menti, qui a du rouge à lèvres entre les deux yeux.

Lorsqu'il revient quinze minutes plus tard, le chauffeur trouve Gina assise dans un fauteuil, serrant encore dans ses deux mains le revolver fumant. L'énorme revolver qu'elle savait trouver dans le tiroir de la table de nuit.

En face d'elle, le sang coule d'une petite blessure ronde juste entre les deux yeux du Casanova sans masque, là où quelques instants plus tôt brillait encore une trace de rouge à lèvres. Il a les yeux fixes, sa bouche édentée est grande ouverte. Il n'a pas dû faire un geste, car à sa façon il s'est suicidé.

LA FILLE DU MENUISIER

L'ÉTENDUE infinie d'une neige unie sur la surface d'un lac glacé, un garde-manger haut perché sur quatre poteaux pour le protéger des ours, un tas de belles planches rousses, c'est la maison modeste et chaleureuse du menuisier Polensen. Devant les fenêtres couvertes de buée, d'attendrissantes plantes vertes tournent leurs feuilles vers la nébuleuse clarté du court soleil d'hiver. Ce jour est un 15 décembre 1949, dans l'attente de Noël. Pourtant, il ne règne ni joie ni paix dans la maison du menuisier. Il est dans la pièce commune. Sa haute silhouette sans grâce, longue et robuste comme les planches de son hangar, est penchée en avant. Il appuie ses poings sur la table et s'efforce de rester calme. Devant lui, sa fille Ruth, une ravissante enfant de seize ans, butée, tête basse. L'énorme visage du menuisier, blond, massif et tendre, est à un mètre à peine de celui de sa fille : blond, frêle et dur.

« Écoute, mon petit... Écoute-moi. Comprends-moi, il ne s'agit pas de moi, il ne s'agit pas de ta mère, il s'agit de toi, de toi seule. Crois-moi, en ce moment j'oublie tout, je ne pense qu'à toi, qu'à ton avenir, à ta vie. »

Ruth regarde enfin son père. Pour mieux lui résister, pour bien montrer son indifférence et peut-être même son mépris, elle ne regarde pas ses yeux, mais son nez, énorme, planté au milieu du visage comme par un coup de maillet, sa bouche qui n'a plus que la moitié des dents, ses mains qui lui paraissent monstrueuses, pleines de cals et de muscles. Le menuisier impuissant se tourne vers sa femme en larmes sur le canapé :

« Mais aide-moi, voyons, dis-lui quelque chose.

— Ruth, dit la mère en gémissant, nous ne pensons qu'à ton bien, je t'en prie, écoute ton père. »

La scène est banale, mais chaque mot, chaque expression, chaque geste seront un jour soigneusement notés, réfléchis, discutés, reproduits dans toute la presse du pays. Tout le monde lira, en essayant de démêler la vérité, cet échange de répliques :

« Je ne sais pas du tout ce que vous voulez, a répondu Ruth avec impertinence. Ce n'est tout de même pas honteux de travailler dans un hôpital. »

Le menuisier Polensen se maîtrise. Mais il halète :

« Bien sûr, ce n'est pas honteux, mais nous ne t'avons pas envoyée à l'école de commerce pour que tu deviennes fille de salle dans un hôpital. Il était convenu que tu y travaillerais le temps des vacances, rien que le temps des vacances. Et les vacances sont terminées depuis longtemps. Comment feras-tu pour passer tes examens l'année prochaine ? »

Voilà ce qu'il répond maître Polensen le menuisier, mais, s'il savait le dire, il dirait bien autre chose. Il dirait qu'il a beaucoup de chagrin et qu'il ne reconnaît plus son enfant. Il demanderait comment Ruth, son adorable petite fille, appliquée et si douée que ses maîtres en étaient fiers, tellement sérieuse que l'école lui avait accordé une bourse de 300 couronnes, il demanderait comment elle a pu devenir cette mauvaise bête renfermée.

Ce qu'il ne sait pas dire, c'est que le jour, la minute où Ruth lui a déclaré qu'elle ne voulait plus aller à l'école de commerce fut comme si elle lui avait donné un coup sur la tête. Il l'a regardée avec étonnement... Il avait cru jusque-là que l'enfant lui faisait confiance, qu'elle savait qu'elle pouvait le laisser décider de tout, qu'elle avait compris que le menuisier c'était pour elle surtout qu'il maniait le rabot et la scie et qu'il n'était pas une table ou une chaise ni le plus modeste des placards qui n'eût été façonné à sa gloire. Et voilà que subitement elle secouait un front têtu en disant « non ».

Le menuisier pensait alors qu'un mauvais garçon était à l'origine de ce changement. Il fallait absolument que Ruth renonce à l'hôpital et revienne à la maison. Mais ce matin, en la voyant descendre de l'autocar sur la route que les chasse-neige venaient de déblayer, il est venu au-devant d'elle et il a soulevé sa petite valise de carton. Il l'a trouvée bien légère.

« Tout n'est pas là ?

— Non, tout n'est pas là. »

Maintenant qu'est venue la grande explication, le menuisier, homme patient, comprend qu'il n'est pas le plus fort. Qu'il faut essayer de ruser, d'amadouer.

« Si tu veux devenir infirmière, on ne peut pas t'en empêcher. Mais tu vas d'abord passer ton examen. Il serait peut-être mieux que tu fasses l'école d'infirmières. Comme ça tu ne travaillerais pas toujours comme auxiliaire. Qu'en penses-tu ? Si tu allais à l'école de Malmo ? »

Ruth n'a qu'un horripilant et stupide sourire dédaigneux.

« Ne te donne pas de peine, papa ! Je ne veux plus entendre parler ni d'études, ni d'examens... Je retourne en ville, à l'hôpital, et, si on n'y a plus besoin de moi un jour, je chercherai du travail comme vendeuse. »

Cette fois, maître Polensen tape fortement

du pied par terre et commence à marcher de long en large dans la pièce.

« Alors, bien bien ! Tu ne veux plus entendre parler de nos conseils et de nos projets ? Pourquoi donc ? Je vais te dire pourquoi : c'est qu'il y a un type qui t'a embobinée et que tu ne veux pas le lâcher. »

Ruth ne répond pas grand-chose. Elle dit seulement :

« Eh bien, peut-être. »

Cette réponse met le menuisier hors de lui. Et il fait une chose qu'il n'a jamais faite auparavant. Il donne une gifle à Ruth, une seule, mais Ruth hurle :

« Je te hais, père, et je me fiche de tes conseils démodés. Oui, je suis amoureuse. Pourquoi me regardez-vous avec effarement ? Qu'est-ce que ça peut vous faire ? Si cela ne vous plaît pas, je peux m'en aller. »

Et elle quitte la pièce, descend rapidement l'escalier bleu et disparaît dans cette nuit d'hiver. Elle ne rentrera jamais plus.

Le départ de sa fille est pour le menuisier celui d'une terrible aventure. Qu'il va déclencher lui-même. Après des jours et des jours d'attente anxieuse, après avoir écrit partout et téléphoné partout, il va trouver les policiers de son village pour signaler la disparition de Ruth. Car pour lui, pour ses amis, ses voisins et même pour la police locale il ne fait aucun doute que Ruth est partie avec un homme.

Malheureusement, quelques semaines plus

tard, sans doute à la suite d'une lettre anonyme, arrive un commissaire de la police d'État. Tiré à quatre épingles, avec un chapeau mou et des yeux soupçonneux, il vient interroger le père. L'inspecteur se fait raconter mot à mot la fameuse dispute. Lorsque le menuisier en vient à parler de la gifle, le visage du commissaire s'éclaire, comme si pour lui tout devenait évident.

« Donc, vous l'avez frappée ? dit le commissaire.

— Oui, je vous dis, une gifle.

— Rien qu'une gifle ?

— Bien sûr, rien qu'une gifle. Et encore, pas très forte. C'est une enfant vous savez.

— Mais vous étiez en colère ?

— J'étais très en colère, mais pas au point de brutaliser ma fille. D'ailleurs, ma femme peut vous le dire.

— Votre femme ne peut pas témoigner puisque c'est votre femme. Vous avez couru après elle ?

— Pas tout de suite. Je suis resté pendant quelques instants comme ça, les bras ballants, et puis je suis sorti comme un fou.

— Et vous ne l'avez pas rejointe ?

— Non. La nuit était tombée, j'ai couru sur la route. Elle avait dû partir dans l'autre sens. »

Le commissaire tiré à quatre épingles, les yeux toujours soupçonneux, remet son chapeau mou et s'en va.

Les jours suivants, le menuisier découvre avec stupeur que, au lieu de chercher sa fille là où elle pourrait être, de chercher l'homme qui la lui a volée, les policiers retournent de fond en comble le fumier de la basse-cour. Au lieu de chercher l'homme, les pêcheurs du village raclent le fond du lac, ils cherchent un cadavre. La thèse du commissaire tiré à quatre épingles et aux yeux soupçonneux est simple : ce rustre de menuisier, jaloux et fou de colère, a couru après sa fille, l'a tuée et a caché son corps. C'est la thèse dont petit à petit il finit par convaincre la police locale et qu'il ne cesse de répéter aux voisins.

Incrédules au début, les gens finissent par admettre que la chose n'est pas impossible. Il est vrai que maître Polensen aimait beaucoup sa fille, vrai que celle-ci s'est mal conduite et que le menuisier pouvait être jaloux. Et puis, après tout, il n'y a pas de fumée sans feu. C'est la conclusion classique des voisins. Si bien que lorsque les villageois lisent dans la presse, noir sur blanc, avec des gros titres, que le menuisier ne peut pas être arrêté faute de preuves, mais que la police est convaincue qu'il est le meurtrier, les soupçons deviennent des certitudes : il s'agit d'un crime parfait.

De ce jour, la vie du malheureux menuisier devient un enfer. Les voisins passent à distance pour ne pas avoir à le saluer, et on ne lui confie plus aucun travail. Chez les paysans de cette région reculée, les idées les plus folles commencent à circuler. Une femme a vu de ses propres yeux les boîtes où il conserve sa fille découpée en morceaux. On ne lui achète plus ses œufs, car on soupçonne ses poules d'être nourries avec de la farine d'os de sa fille. Le summum est atteint, lorsque le maire du village propose au commissaire les services de son coq pour retrouver le cadavre.

Car son coq est un coq extraordinaire, capable de crier « kily kily » s'il passe près d'un cadavre ! En plein hiver, le commissaire toujours tiré à quatre épingles, son chapeau mou enfoncé sur ses yeux soupçonneux, part donc avec une caravane de traîneaux. Sur le traîneau de tête est juché le fameux coq, et ils font ainsi des zigzags sur la glace du lac.

« Kily kily, crie le coq.

— Ça y est, c'est là ! »

Mais le traîneau n'a pas le temps de s'arrêter que déjà le coq crie encore :

« Kily kily. »

Cent fois, il criera « kily kily », et le commissaire tiré à quatre épingles, furieux et vexé, montre le menuisier aux gens du village.

« Ne vous inquiétez pas, mes amis, il se moque de nous, mais c'est un assassin et nous aurons le dernier mot. »

Un jour de l'été suivant, le menuisier entre dans la boutique du village. C'est une de ces boutiques comme on en voyait autrefois dans ces pays, où l'on vendait aussi bien du pain et de la moutarde que des outils ou des tracteurs.

Le menuisier est très étonné de voir que les villageois ne sortent pas au moment où il entre. Au contraire, ils le regardent tous en souriant. Mais le menuisier va droit vers le comptoir pour faire ses achats.

« Eh quoi, s'écrie le commerçant, vous ne connaissez pas la nouvelle, maître Polensen ?

— Quelle nouvelle ?

— Votre fille est vivante ! On a trouvé un message dans une bouteille de l'autre côté du lac. »

Sans un mot pour tous ces gens qui voudraient se faire pardonner, le menuisier part en courant. Sans réaliser ce que cette nouvelle a d'improbable sinon d'étrange, le menuisier prend sa femme dans ses bras, la seule personne qui le sache innocent.

« Oublie tout ça, dit le menuisier. On a trouvé de l'autre côté du lac un message de Ruth dans une bouteille. »

Le lendemain, le commissaire tiré à quatre épingles, les yeux toujours aussi soupçonneux, frappe à la porte. Il tient à la main la feuille trouvée dans une bouteille. Elle porte l'adresse de Polensen et le message suivant : « Ne me cherchez pas, vous ne me trouverez jamais ! signé : Ruth. »

Le menuisier est à la fois soulagé et consterné. Soulagé parce qu'il pense que ses misères sont finies, consterné parce qu'il se demande ce qu'a bien pu devenir sa fille. Il pose des tas de questions au commissaire qui ne répond rien.

« Elle n'est sûrement plus dans le pays n'est-ce pas ? Peut-être s'est-elle mariée ? Mais, dans ce cas, pourquoi n'aurait-elle pas donné de ses nouvelles ? Peut-être parce que tout va bien ? Qu'en pensez-vous, monsieur ? »

Au lieu de répondre, le commissaire interroge avec impatience :

« Reconnaissez-vous l'écriture de votre fille ?

— Oui, monsieur le commissaire, c'est Ruth qui l'a écrit.

— Pouvez-vous le jurer ?

— Par Dieu, je le jure. »

Devant le tribunal, maître Polensen confirme sa déclaration sous la foi du serment. Et il croit être arrivé à la fin de son cauchemar. Erreur : l'écriture du message est soumise aux experts graphologues de la capitale et comparée avec d'autres pièces écrites par la disparue. Résultats négatifs, déclare la presse. Et les voisins de chuchoter :

« Il a envoyé le message lui-même pour se moquer de la police. Un message dans une bouteille, croyez-vous qu'il faut être bête ! »

Nul ne saura qui a jeté cette bouteille dans le lac, mais la lumière va enfin percer dans ce qui est devenu la plus grande affaire criminelle de Suède.

Un matelot suédois, qui a bourlingué sur tous les océans, rentre au pays et entend parler du cas du menuisier. Il voit la photo de Ruth dans le journal et considère alors comme son devoir de mettre la police au courant. Voici sa déclaration intégrale :

« Moi, matelot Waldemar Andersen, suis convaincu avoir rencontré Ruth Polensen à Chinatown, le quartier libre de Vancouver. Notre bateau avait jeté l'ancre à Vancouver où l'on nous paya notre solde. C'était en avril il y a deux ans. Nous étions une joyeuse bande internationale et nous sommes allés à Chinatown. Dans le premier bar, j'ai vu cette jolie fille de vingt ans. Elle était seule, avait l'air mélancolique. Je l'ai invitée à danser, c'était une vraie fée. Elle ne dit pas grand-chose. Elle avait une petite cicatrice au menton. Elle ne parlait pas très bien anglais, mais connaissait le vocabulaire spécial de ce coin-là. Nous avons pris un autre rendez-vous pour le lendemain soir au bar. Nous avons bu et les hommes l'appelaient Rose. Elle m'a dit qu'elle était canadienne et que son nom était Rose-Mary. Cette fois je l'ai accompagnée chez elle. Je me suis assis à côté d'elle sur le lit et elle m'a demandé de lui raconter ma vie. Je lui ai dit que lorsque je n'étais pas en mer, je travaillais en Australie comme sheepshearer, un travail éreintant. Elle m'a demandé : « Qu'est-ce « qu'un sheepshearer ? — C'est un homme qui « tond les moutons. Mais tu devrais savoir « cela, si tu connais ta langue maternelle. — L'an-« glais n'est pas ma langue maternelle, je ne

« suis pas canadienne, je suis suédoise. » Je l'ai regardée, consterné. Je n'avais encore jamais vu des cheveux aussi foncés chez les femmes de Suède. Je compris plus tard qu'elle les avait teints. Alors je lui ai dit : « Moi aussi je suis « suédois, ma fille. Allez, fais-nous un bon café « à la façon du pays. » Lorsqu'elle est allée dans la cuisine, j'ai vu sur la table une lettre écrite en finnois que nous autres Suédois comprenons un peu. Elle commençait par ces paroles « Hywâä Ruth » (chère Ruth). Je n'ai pas pu lire la suite, car elle revenait dans la pièce. Alors j'ai dit en plaisantant : « Tu t'ap- « pelles Ruth ou Rose-Mary ? » Elle est devenue blanche comme un linceul et elle a crié : « C'est ma lettre à moi, ça ne te regarde pas ! » Je ne pouvais pas m'expliquer pourquoi elle était devenue aussi furieuse, car je me fichais pas mal de son nom : j'étais un matelot qui voulait passer sa dernière soirée avec une fille. Plus tard dans la nuit, elle a reparlé d'elle-même : un ami l'avait emmenée il y a des années à Stockholm. Un autre amant, un Finlandais, l'avait fait passer clandestinement de l'autre côté de l'Atlantique. D'abord à Montréal, puis elle était venue à Vancouver, pour échouer à Chinatown. Je reconnais dans les photos publiées par la presse cette fille de Vancouver. Je suis sûr que c'est elle. »

Évidemment, cette déclaration ne fait pas l'affaire du commissaire tiré à quatre épingles. Mais il est bien obligé d'en tenir compte, d'autant plus qu'un avocat célèbre, apprenant ce rebondissement et découvrant que l'affaire n'est peut-être pas si désespérée, prend le menuisier sous sa protection. L'avocat entre en rapport avec le consul de Suède à Vancouver, pour lui demander de rechercher Ruth Polensen qui se fait peut-être appeler Rose-Mary.

Quelques semaines s'écoulent, et le consul répond qu'il n'a pas trouvé la jeune fille. Soit qu'elle ait refusé de se faire reconnaître, soit qu'elle ait encore une fois changé de nom, soit qu'elle ait quitté Vancouver. C'est alors qu'Interpol met son nez dans l'affaire.

Le bureau de Stockholm demande au secrétariat général à Paris de diffuser une demande de recherches justifiée par le fait qu'il y va de la vie du malheureux menuisier Polensen.

Hélas ! jour après jour, et les uns après les autres, tous les bureaux nationaux d'Interpol répondent : « Inconnue. Inconnue. Inconnue. »

Il y a bientôt six ans que Ruth a disparu. Et le commissaire tiré à quatre épingles s'acharne toujours à trouver des éléments permettant l'incarcération du menuisier que sans conviction la justice suédoise se prépare à juger. Il ne se doute pas de l'acharnement d'un autre policier, chargé des affaires de mœurs à Interpol. Convaincu que la jeune fille se cache à Vancouver, il parvient à convaincre son correspondant à Ottawa, le superintendant Rolan

Marsh, un Canadien anglais solide et barbu, de se charger de la mission délicate de retrouver Ruth et de la convaincre de témoigner en faveur de son père.

Après quelques jours de recherches, Rolan Marsh est mis en présence d'une jeune femme de vingt-deux ans qui correspond bien à la déclaration du matelot suédois : brune en effet, mais avec des yeux très clairs, une peau de Scandinave pleine de taches de rousseur. C'est une très jolie fille aux traits mélancoliques et à l'accent bizarre, semé d'expressions un peu vulgaires. Elle l'observe avec méfiance dès qu'il lui montre sa carte.

« Mademoiselle, je suis un policier canadien, mais je voudrais que vous l'oubliiez pendant quelques minutes. D'ailleurs, je ne vous veux aucun mal, et je n'ai ni conseils à vous donner ni l'intention d'intervenir dans votre vie en quoi que ce soit. Je vous demande seulement de m'écouter dix minutes. Dans dix minutes, je m'en irai et vous n'entendrez plus parler de moi. Je veux simplement vous montrer ces journaux. »

Et, sur le lit de la jeune femme, Rolan Marsh déploie des journaux suédois où d'énormes manchettes étalent l'affaire du menuisier, parlent du crime odieux ou du crime parfait. On y voit le menuisier en photo assistant à la reconstitution du crime qu'il n'a pas commis, les pêcheurs draguant le lac, les policiers retournant de fond en comble le jardin et la maison, la mère accablée, les villageois ironiques et le commissaire soupçonneux.

Tandis que la jeune femme, malgré elle, ne peut s'empêcher de regarder les journaux avec stupeur, Rolan Marsh explique calmement :

« Il se peut que vous soyez Ruth Polensen, et il se peut que vous détestiez votre père, mais votre haine peut-elle aller jusque-là ? De toute façon, si vous êtes Ruth Polensen et quel que soit ce que vous avez à lui reprocher, dites-vous bien que votre père a payé cent fois. D'autre part, la loi de votre pays vous accorde le droit de disparaître, mais à une condition, c'est que vous soyez en règle avec le fisc comme avec la justice. Or, si vous êtes Ruth Polensen, vous n'êtes pas en règle avec la justice puisque celle-ci vous recherche comme témoin principal. Pour vous mettre en règle, il vous suffit d'un mot, un seul. Lorsque je vous demanderai si vous êtes Ruth Polensen, si vous l'êtes, vous me répondrez « oui ». Ce témoignage me suffira. Vous serez en règle avec la justice suédoise, peut-être en règle avec votre conscience, je m'en irai et vous n'entendrez plus jamais parler de moi. Êtes-vous Ruth Polensen ?

— Oui.

— Voulez-vous que je communique votre adresse à votre famille ?

— Non.

— Voulez-vous que je transmette un message à votre famille ?

— Non.

— Voulez-vous garder ces journaux ?

— Non. »

Alors, le superintendant Rolan Marsh ramasse ses journaux, les plie soigneusement pour les remettre dans son attaché-case. Avant de partir, il dit simplement :

« A votre place, je redeviendrais blonde... Rien ne vous en empêche désormais, et le blond vous va certainement beaucoup mieux. »

Puis le superintendant fait en sens inverse les 4 000 kilomètres de Vancouver à Ottawa pour regagner son bureau et transmettre la réponse à Interpol : Un « oui » déguisé en « non » prononcé par une Ruth blonde, déguisée en Rose-Mary brune. Pauvre menuisier.

IL COURT, IL COURT, LE VOLEUR

CE matin-là, comme de coutume, les prisonniers sont conduits au tribunal pour leur procès. Après avoir attendu dans une pièce soigneusement gardée, Sasach est donc introduit dans la salle d'audience.

Le 21 janvier 1972, à Francfort, Sasach, un Yougoslave âgé de vingt-quatre ans, a déjà été condamné à six mois de prison pour un vol. Comme, d'autre part, une procédure contre lui était en cours à Stuttgart pour vol avec effraction dans un appartement, il a été transféré dans cette ville le 25 janvier, en incarcération préventive. Le procès, fixé au 5 juin 1972, s'ouvre donc, et Sasach apparaît dans la salle d'audience. Il a plutôt l'air d'un Nordique que d'un Méditerranéen. C'est un Croate, grand et blond. Le policier qui l'accompagnait, d'un geste du bras, le guide doucement vers le siège sur lequel il doit s'asseoir. De l'autre bras, le policier ferme la porte basse du box. Rien que de très banal dans tout cela, pas la moindre fantaisie. Mais Sasach plie sa haute silhouette, comme s'il allait s'asseoir, tandis que ses yeux bleus lancent un long regard circulaire dans la salle ; les mouvements de ses bras ne sont pas conformes aux mouvements que des milliers d'accusés avant lui ont accomplis pour s'asseoir.

A-t-on jamais vu un accusé se glisser de biais devant son siège, une main sur le bat-flanc, l'autre main dans sa poche. A-t-on jamais vu un accusé poser le pied gauche sur son siège ? Non. Et le président du tribunal réalise enfin qu'il se passe quelque chose d'anormal, car il n'a jamais vu un accusé, prenant appui sur le siège et sur le bat-flanc, effectuer une gracieuse voltige pour se retrouver au milieu de la salle, tout près de la porte d'entrée des témoins, un énorme revolver d'une main, une enveloppe de l'autre.

Le président offusqué fait « oh ! ». Le public fait « ah ! ». Le policier ahuri se dresse dans le box mais ne bouge pas, car le revolver du souple et puissant Yougoslave est braqué sur lui. Pendant une seconde, tous les yeux suivent la trajectoire de l'enveloppe que l'accusé a lancée jusque sous le nez du président.

Puis le président reprend ses esprits, appuie avec le pied sur la sonnette qui déclenche l'alarme dans tout le palais de justice et crie : « Qu'on arrête cet homme ! » Mais le fuyard a déjà disparu dans le couloir au nez des policiers et des témoins éberlués.

Le regard des trois juges converge alors sur l'enveloppe. Elle contient un petit mot griffonné d'une large et belle écriture : « Je suis innocent du cambriolage dont on m'accuse. Et je ne suis motivé dans ma vie que par un idéal d'égalité et de fraternité. J'ai donc droit à un traitement amical. Mais je préfère m'évader, car je n'ai pas confiance dans votre justice. Signé : Sasach. »

La sonnette stridente qui retentit partout a secoué la torpeur des employés du tribunal, et les policiers courent dans tous les sens, se croisant et s'interrogeant en vain.

Le fuyard, lui, dévale l'escalier quatre à quatre et pénètre dans le vestiaire réservé aux membres du barreau. A l'avocat barbichu qui le regarde d'un air offusqué et réprobateur, Sasach montre son énorme revolver.

« Tu en as déjà eu un comme ça sous le nez ? dit-il d'une voix relativement douce et légèrement zézayante... Non, alors tiens-toi tranquille parce que ça fait de gros trous. »

Et, tout en parlant, Sasach ouvre l'une des fenêtres pour sauter sur le parking quatre mètres plus bas. L'un des fonctionnaires qui le poursuivait de plus près est un petit homme grassouillet. Il entre à son tour dans le vestiaire et, voyant la fenêtre grande ouverte, marque un léger temps d'arrêt.

« Vous ne devriez pas faire ça », conseille l'avocat barbichu en s'avisant que le poursuivant est très différent de l'athlète qu'il vient de voir.

Mais il est trop tard, le petit homme grassouillet a sauté. L'avocat barbichu se penche par la fenêtre et le voit se tordre de douleur sur le sol du parking. Alors, il décroche le téléphone pour demander une ambulance.

Depuis quelques minutes, la police municipale a entamé la chasse. A trois cents mètres du palais de justice, dans une rue, des gens montrent un grand magasin à un car de policiers :

« Là, il est là.

— Comment le savez-vous ?

— Il courait, il avait un revolver, il est grand, il est blond avec un costume gris. »

En moins de temps qu'il n'en faut pour le dire, on verrouille toutes les entrées. Puis, pendant deux heures, on perquisitionne dans tout le magasin, du sous-sol jusqu'au dernier étage. Lorsque enfin le chef de la police débouche sur le toit en terrasse et qu'il n'y voit personne, il lui faut bien admettre que le dangereux fuyard n'est pas dans l'immeuble.

Car il est à la frontière française, et il y est arrivé tranquillement en taxi. Le chauffeur l'a vu parlementer avec les occupants d'une grosse Peugeot immatriculée en France. Puis Sasach est monté dans la voiture. Le chauffeur de taxi, en effectuant son demi-tour, a vu la Peugeot se présenter normalement à la douane avec ses occupants. Le douanier et le garde frontière n'ayant rien constaté d'anormal dans la voiture l'ont laissée passer.

Sasach est en France. Pourquoi, où ? Et qui est Sasach ? Une liaison télex est établie entre Interpol Wiesbaden et le secrétariat général à Saint-Cloud pour identifier précisément le fuyard. Or, à Interpol cette affaire qui va déclencher la tempête commence assez mollement. Sans fébrilité, les documentalistes recherchent un Sasach d'origine yougoslave. Et ne trouvent rien.

Dans les dossiers des évasions non plus. A toutes les références possibles d'identification, rien qui soit vraiment similaire.

Wiesbaden envoie alors par liaison-photo-télégramme les empreintes et la photo de Sasach. Nouvelles recherches dans les archives, aussi vaines ; la fiche revient avec la mention « inconnu ».

Et puis, soudain, c'est le branle-bas de combat. Au moment même où le responsable de ce type d'affaire entre en rapport avec le ministre de l'Intérieur français pour l'informer qu'un évadé du palais de justice de Stuttgart vient de franchir la frontière, son correspondant lui répond sèchement :

« Merci du renseignement, ça doit être le

type qui s'est enfermé dans la gare de Strasbourg avec deux otages. »

D'une ville frontière à une autre ville frontière, les polices ne s'ignorent pas. Elles ont le téléphone facile pour se raconter des histoires de frontières. La police de Stuttgart a donc prévenu directement la police de Strasbourg sans passer par Interpol.

Dans l'excitation de son évasion, l'évadé armé peut être dangereux, et la police de Strasbourg a alerté les gendarmes motocyclistes. Deux des gendarmes ont reconnu la Peugeot, mais malheureusement, lorsqu'ils ont voulu l'arrêter, ils ont dû renoncer. L'homme qui conduisait, d'environ trente-cinq ans, l'air jeune cadre supérieur, avec des lunettes et un bracelet en or, a baissé la vitre. A côté de lui une vieille dame tripotait un médaillon sur sa poitrine. La terreur crispait son visage dans un sourire bizarre :

« Il nous descend si vous l'arrêtez », a dit le jeune cadre supérieur.

Alors, dans l'ombre de la voiture, l'un des gendarmes a distingué le canon d'un revolver appuyé sur la nuque de la vieille dame au médaillon. Le temps pour les gendarmes de se concerter une seconde, et la voiture redémarrait. Ils n'ont pu que la suivre jusqu'à la gare de Strasbourg et prévenir par radio le quartier général.

A la gare de Strasbourg, on a vu de loin les deux otages, les mains en l'air, traverser le trottoir, entrer dans la salle d'attente, suivis par la grande silhouette blonde de Sasach, et de partout surgissent d'autres policiers en uniforme et en civil.

« Attention ! préviennent les gendarmes, il est armé, et il a pris deux otages ! »

Au moment où les autorités policières et préfectorales établissent un plan d'action, au moment où l'on braque les projecteurs sur la façade de la gare, qui va être investie en quelques instants, retentit le sifflet d'un employé, un train démarre, et la vieille dame au médaillon sort de la salle d'attente en pleine lumière. Elle est vêtue d'un ensemble de soie marron, ses cheveux encore blonds sont soigneusement coiffés. Elle tripote toujours d'une main son médaillon et de l'autre tient un sac en crocodile. Elle regarde émue les gens qui se précipitent vers elle.

« Je n'ai rien, dit-elle à l'infirmier qui jaillit d'une ambulance. Tout va bien, dit-elle au représentant du préfet.

— Et l'autre otage ?

— C'est mon gendre.

— Où est-il ?

— Il l'a gardé avec lui. »

Comme tout autour d'elle les hommes échangent des regards consternés, la vieille dame ajoute :

« Si vous le laissez tranquille, je suis sûre qu'il ne lui fera pas de mal. »

Quelques secondes, et la vieille dame ajoute encore avec une naïveté touchante :

« D'ailleurs, il n'est plus là. Il est monté dans l'omnibus qui vient de partir vers le Luxembourg. »

Tandis qu'un commissaire emmène respectueusement la vieille dame pour mieux l'interroger, les projecteurs s'éteignent, les policiers remontent en maugréant dans leurs voitures. Toutes les polices locales sont priées de surveiller toutes les gares à l'arrêt de l'omnibus du Luxembourg.

De nos jours les prises d'otages sont un problème courant. Un homme de vingt-quatre ans, qui s'évade d'un palais de justice armé d'un revolver et prend des otages, ne peut pas être totalement inconnu de la police. C'est probablement un malfaiteur chevronné, et, même si comme il le prétend il agit pour des motifs idéologiques, il doit être connu et fiché, sous ce nom ou d'autres noms, par une ou plusieurs polices. Aussi, tandis qu'on avertit les gardes frontières et la police luxembourgeoise, Interpol, à Saint-Cloud, procède immédiatement en priorité à une diffusion verte, c'est-à-dire à tous les bureaux centraux nationaux d'Interpol en Europe.

Déjà, les responsables luxembourgeois, qui n'ont encore jamais eu à traiter une affaire de prise d'otages, sont suspendus au télex pour avoir des détails... Ils voudraient au moins savoir qui est ce Sasach qui prend bêtement l'omnibus pour le Luxembourg. En ce moment même, le train doit déjà franchir la frontière du Luxembourg. Que va faire la police luxembourgeoise ? Va-t-elle tenter le tout pour le tout ? Va-t-elle parlementer ? Et si l'homme parvient à s'échapper, que peut-il faire dans un pays grand comme un mouchoir de poche ? Le plus étrange est que cet homme ait pris de tels risques pour éviter un simple jugement de vol avec effraction. Ou alors le garçon improvise, car il a l'air beaucoup trop fantaisiste pour un professionnel. Mais il n'est pas idiot non plus. Alors il n'est peut-être pas dans ce train du Luxembourg ?

Dans les locaux de la police à Strasbourg, un vieux policier moustachu et plein d'expérience interroge gentiment la vieille dame au médaillon.

« Donc, si je comprends bien, il vous a libérée sur le premier quai. Mais il y avait un train en stationnement à ce quai ?

— Oui.

— Donc, vous n'avez pas pu le voir monter dans le train du Luxembourg.

— Non, je ne l'ai pas vu !

— Mais alors, pourquoi me dites-vous qu'il est monté dedans ?

— C'est lui qui m'a dit qu'il allait prendre le train du Luxembourg.

— Mais comment savait-il que c'était le train du Luxembourg puisqu'il ne le voyait pas depuis le premier quai ?

— Je ne sais pas, mais ce que je sais c'est qu'il m'a dit qu'il allait prendre le train du Luxembourg. »

Le policier se mord la moustache et se met à faire les gros yeux à la vieille dame butée, qui se referme aussitôt comme une huître. Tout ça n'est pas clair. Et même tout à fait invraisemblable. On ne voit pas pourquoi le fugitif aurait fait part de ses intentions à un otage avant de le libérer, sinon pour tromper la police. Et le policier, comprenant que ses collègues ont été dupés, se jette sur le téléphone. Une douzaine d'inspecteurs en civil s'abat comme une nuée de corbeaux sur la gare de Strasbourg. Ils interrogent le chef de gare et les employés, la marchande de journaux, les guichetiers, les clochards. Personne n'a remarqué le fugitif et ses otages. Pourtant les gendarmes motocyclistes l'ont vu disparaître dans la salle d'attente, un revolver à la main, les otages marchant devant lui. Et c'est une chose qui se remarque ! A tout hasard, on fouille la gare : sans résultat, bien entendu. Et la police des frontières avertit : « Le fugitif et son otage ne sont pas dans le train du Luxembourg. »

La police luxembourgeoise respire. Celle de Strasbourg en déduit qu'ils ont dû monter sans être remarqués dans le train de Bâle en stationnement sur le premier quai et qui est parti vingt minutes après l'omnibus du Luxembourg. Bâle, c'est en Suisse, il faut donc prévenir la police helvétique.

A dix-huit heures trente, une armée de policiers suisses en uniformes verdâtres investit le train de Strasbourg dès son entrée en gare. Chaque wagon, chaque compartiment, les w.-c., le fourgon sont fouillés systématiquement. L'identité de chaque voyageur est vérifiée. Conclusion : le fugitif et son otage ne sont toujours pas dans le train.

La police s'énerve, et pendant ce temps un taxi s'arrête devant la préfecture de Strasbourg. Un homme d'environ trente-cinq ans, l'homme aux lunettes et au bracelet en or, l'air jeune cadre supérieur, demande à parler aux autorités.

« Je suis l'otage », dit-il.

Quelques instants plus tard, l'otage fait le récit suivant devant le sous-préfet et les policiers éberlués.

« Ma belle-mère et moi, nous avons accepté de charger le fugitif juste avant la frontière. Il prétendait faire de l'auto-stop. Tandis que nous attendions dans la file pour passer devant la douane, il nous a dit en allemand : « Il faut m'aider à passer, je suis un évadé, je « n'ai pas de papiers. » Ma belle-mère et moi, nous nous sommes retournés... Morts de trouille, nous l'avons vu nous menacer avec un énorme revolver. Pendant que j'étais obligé de regarder devant moi pour avancer dans la file d'attente, j'ai entendu ma belle-mère, qui regardait sans arrêt notre agresseur, lui demander enfin : « Mais qu'est-ce que c'est

« que ce drôle de pistolet ? » Comme l'autre ne répondait pas, elle insistait : « Mais vous avez « vraiment un drôle de pistolet. » Juste au moment où on allait passer la douane, elle a insisté : « Si vous voulez que je ne dise rien, « dites-moi la vérité... » Alors, il a hésité une seconde, et puis... il nous a dit la vérité... Alors, les policiers de la frontière nous ont vus tellement rire qu'ils n'ont même pas regardé nos papiers.

— Qu'est-ce que ça avait de si drôle ? demande le sous-préfet interloqué.

— Son revolver était en mie de pain.

— En quoi ?

— En mie de pain. Il était fait avec de la mie de pain, je vous assure. D'ailleurs, je l'ai tenu dans la main. Sur la route, il nous a raconté son évasion. Il riait comme s'il venait de faire une bonne blague. Il affirmait n'être qu'un voleur tout à fait occasionnel et n'avoir pas commis le cambriolage pour lequel on voulait le juger, et c'est vrai qu'il avait l'air tout à fait inoffensif. »

Un spécialiste d'Interpol a fidèlement dessiné l'arme avec laquelle Sasach a nargué les polices d'Europe. C'est une imitation d'un pistolet assez massif et rudimentaire, mais qui pouvait de loin tromper des gens surpris.

En prison Sasach s'ennuyait, et il décida d'organiser une bonne farce. Il fit le dessin minutieux d'un revolver, et sur une autre feuille il traça avec soin chaque partie de l'arme pour pouvoir la reconstituer.

Mais où se procurer le matériel nécessaire ? Comme on ne lui donnait tous les jours que du pain et du journal, il eut l'idée de faire brûler le journal et de fabriquer les différentes pièces de l'arme avec des cendres mêlées à du pain mâché. Comme le tout n'était pas assez solide, il le renforça à l'aide d'allumettes. Un morceau de boîte de conserve lui servit pour orner la crosse. Tout y était, même les pointes des projectiles fictifs apparaissaient nettement dans les trous du barillet.

Voilà ce que Sasach a raconté au jeune cadre supérieur et à la vieille dame au médaillon, sa belle-mère. Et, après la peur, ceux-ci se sentirent tellement soulagés qu'ils devinrent de façon irréfléchie les complices de l'évasion. D'abord le jeune cadre en mentant aux deux motocyclistes, ensuite la vieille dame en affirmant qu'il était monté dans le train du Luxembourg, ce qui lui a permis de quitter la gare dès que les policiers furent partis. C'est elle alors qui a réalisé, devant l'attirail policier, la gravité de leur geste. Son gendre, en n'avouant la vérité que trois heures plus tard, laissait à Sasach largement le temps de quitter Strasbourg et à Interpol de mettre toutes les polices d'Europe en alerte.

Sasach, arrêté à Paris, extradé et acquitté du vol avec effraction, fut condamné à cinq mois de prison pour son évasion. Comme il avait fait de la prison préventive, il fut libéré quatorze jours plus tard.

Si la vieille dame au médaillon fut épargnée par la police bafouée, par contre, accusé de complicité dans un franchissement illégal de frontière, faux témoignages, d'outrage à agent, etc., le jeune cadre supérieur a peut-être regretté de s'être fait le complice de cette farce monumentale. Mais peut-être en rit-il encore... Qui sait ?

L'ENQUÊTE DU NORD-EXPRESS

DANS la lueur des phares de sa locomotive, le conducteur d'un train a cru apercevoir un corps, tassé contre le mur du tunnel de Muhlehorn en Suisse...

C'était bien un corps. De 1,60 m, de vingt-six ans, celui d'une jeune fille, belle, que le rapport du médecin légiste n'arrive pas à enlaidir : « Taille mince, visage rond, sourcils et cils blonds et bien fournis, yeux très grands et très bleus, dentition complète et saine, cheveux blonds, doigts minces, cicatrice d'appendicite. Vêtue d'un costume de ville léger en deux pièces à carreaux bleu très foncé et blanc, grandes poches, encolure carrée, petite bague et sans chaussures. »

Ce pourrait être une Allemande, mais plus probablement une Scandinave, ou une Danoise, car l'un de ses vêtements porte une griffe : « Made in Danmark. »

L'heure de la découverte du corps et l'heure présumée de sa mort donnent à penser qu'elle a pu tomber de l'un des wagons qui, décrochés à Zurich du Nord-Express, continuent leur route jusqu'à Rome. Tous les pays situés sur le parcours du Nord-Express vont donc participer à l'enquête par l'intermédiaire d'Interpol. Et elle commence bien.

Lorsque le lieutenant Brensen arrive vers huit heures trente au siège d'Interpol à Copenhague, une bonne nouvelle l'attend : la police suisse a retrouvé dans le tunnel du chemin de fer quelques morceaux déchirés d'un passeport, vraisemblablement le sien. Elle a pu en reconstituer certains éléments, notamment le numéro : il s'agit du 0146945.

Ce passeport 0146945 a été délivré le 22 juin 1961 à une Danoise nommée Ebba Christensen, née le 20 août 1937 à Gentofte au Danemark, physiothérapeute et domiciliée à Copenhague. Le passeport et le corps ont l'air d'aller ensemble.

En fin de matinée, le lieutenant Brensen se rend chez les parents d'Ebba. Il entre dans l'ascenseur d'un immeuble de standing moyen, en ressort au deuxième étage et retire son chapeau mou avant de sonner. Dès que la porte s'ouvre, il prend un visage de circonstance et demande à l'homme âgé qui le reçoit :

« Vous êtes un parent de Mlle Ebba Christensen ?

— Oui, je suis son père. »

C'est le premier moment pénible dans ce genre de démarche. Le père a pâli, il réajuste ses lunettes pour mieux scruter le visage du policier. Son front s'est plissé, tirant vers l'avant la masse de ses cheveux gris.

Le lieutenant tend sa carte sur laquelle on lit : « Lieutenant Waldemar Brensen, lieutenant de police et fonctionnaire international. »

« Il est arrivé quelque chose ? demande le papa.

— Est-ce que votre fille est en voyage ?

— Oui.

— Elle a pris le Nord-Express ?

— Oui, je l'ai accompagnée il y a trois jours. Il lui est arrivé quelque chose de grave ?

— Je le crains.

— De très grave ?

— Oui. »

Comme manifestement le vieillard a compris, le lieutenant sort alors une enveloppe de papier Kraft.

« Comment était-elle vêtue lorsque vous l'avez accompagnée à la gare ?

— D'une... d'un... enfin d'un ensemble à carreaux...

— On a retrouvé le corps d'une jeune femme vêtue d'un ensemble à carreaux, en Suisse, dans un tunnel où passe le Nord-Express... Et à proximité, les débris d'un passeport dont le numéro correspond à celui de votre fille.

— Elle est tombée ?

— Peut-être... Vous êtes seul ? Votre femme n'est pas là ?... J'ai là trois photos faites par la police suisse qui permettraient de l'identifier formellement... Mais, malgré les précautions qui ont été prises... Je vous préviens que c'est une vision pénible. »

Le pauvre homme recule devant les trois photos qui sortent de l'enveloppe.

« Si vous ne vous sentez pas le courage de les regarder, ce n'est pas obligatoire, quelqu'un d'autre peut l'identifier.

— Non... Montrez !... Vite ! Ma femme va arriver ! »

Le pauvre père raconte ensuite la courte vie de sa fille, en chiffonnant la photo dans ses deux mains.

La jeune Ebba a quitté sa famille le 18 mai 1964 à treize heures trente par le Nord-Express. Elle devait se rendre à Zurich pour prendre un emploi de physiothérapeute dans un hôpital. Elle avait été choisie parmi une trentaine d'autres candidates et devait commencer son travail le 1er juin. Son père l'a accompagnée jusqu'à la gare pour l'aider à porter ses bagages, notamment une grande valise marron qu'elle a fait enregistrer et qui devait être livrée à l'hôtel Fontana de Zurich. Le père se souvient qu'elle portait un sac fourre-tout en étoffe beige avec une fermeture Éclair, ainsi qu'un sac à main en daim marron. Il est resté avec elle jusqu'au départ du train.

Il était ému, elle aussi. Ils ne s'étaient jamais séparés pour un temps si long. Mais la jeune fille ne semblait ni malade ni déprimée et selon l'avis du père, le suicide est peu plausible.

« Elle était seule, bien sûr ?

— Bien sûr.

— Et vous n'avez remarqué personne à proximité, ou s'intéressant à elle ?

— Non. D'ailleurs elle n'avait pas de place attitrée. Elle avait l'intention de prendre une couchette en cours de route.

— Croyez que je suis infiniment désolé, mes collègues vont prendre contact avec vous pour enregistrer votre déposition.

— Vous croyez qu'elle est tombée ? demande le pauvre homme.

— C'est peu probable. On tombe très peu souvent d'un train en habit de ville et sans chaussures. La police suisse pense qu'il s'agit d'un crime, voyez-vous... Au revoir monsieur, je suis désolé. »

Lorsqu'il redescend, le lieutenant Brensen croise en sortant de l'ascenseur une femme d'environ soixante ans qui lui sourit. Il en sait assez, et il n'a pas le courage de lui parler.

Maintenant, c'est à Zurich qu'il faut aller... Et, bien entendu, pas par avion. Sans perdre une seconde, il se rend à la gare de Copenhague, prend un billet pour Zurich, et monte dans le Nord-Express.

Il est treize heures trente. Le lieutenant, par la porte ouverte du wagon où il est monté, regarde la foule sur le quai. Il imagine, parmi ces gens, les uns riant, d'autres en pleurs, la silhouette d'un homme aux cheveux gris : ce pauvre M. Christensen qui, pour la première fois, se séparait de sa fille.

Sans doute, bien qu'il ne laisse rien paraître, devait-il y avoir la buée de quelques larmes sur ses lunettes. Au dernier moment, à la demande de sa fille, il a été lui chercher un journal de mots croisés et un rouleau de pellicule pour son appareil, un petit Kodak Rétinette. Pour se moquer gentiment, elle a fait une photo de lui au moment où le train allait s'ébranler. Par la vitre, un bref instant, leurs mains se sont serrées et sa fille lui a dit : « Ne t'inquiète pas, papa, je reviendrai vous voir, dès que j'aurai trois ou quatre jours. Ça sera pas long, papa. »

Le Nord-Express, sorti de la gare, roule maintenant dans les faubourgs de Copenhague, clairs, propres, illuminés par le soleil du printemps. Le lieutenant réalise qu'il est parti sans même une brosse à dents. Mais il a l'habitude des voyages, il achètera un rasoir et du dentifrice à la prochaine gare.

C'est en cherchant une place assise qu'il croise le contrôleur. Pour ce brave homme échevelé, la casquette de travers, c'est le moment du coup de feu ; il doit vérifier les billets avant la frontière allemande. Il répond donc aux questions du lieutenant d'assez mauvaise humeur.

« Oui... Avant-hier, j'étais de contrôle ! marmonne-t-il.

— Avez-vous remarqué une jeune femme blonde montée à Copenhague et qui se rendait à Zurich ?

— Quoi ? Avant-hier, une jeune femme blonde ? Vous vous moquez de moi, y'en a deux cents par jour des jeunes femmes blondes. Comment voulez-vous que je l'aie remarquée ?

— Si elle voulait une couchette, c'est à vous qu'elle s'est adressée ?

— Sûrement pas... Y'a un préposé pour ça. Vous le trouverez dans un des wagons-lits.

— Comment s'appelle-t-il ? »

Le contrôleur le regarde de travers et s'apprête certainement à l'envoyer promener. Mais Brensen intervient :

« Je suis de la police.

— Ah !... Bon... Alors, vous demandez Lestäu. Ralph Lestäu. C'est un Allemand. »

Ralph Lestäu est un petit homme brun, râblé, au regard fuyant. Le lieutenant l'observe quelques instants alors qu'il se démène tout le long des couloirs, organisant son trafic avec autorité.

« Une couchette ? Trop tard, à moins que, si vous pouvez attendre quelques instants... à Puttgarden peut-être... je vais essayer. »

Le petit homme s'agite et fait l'important.

C'est de cette façon qu'il distribue ses couchettes, percevant le supplément et généralement un pourboire substantiel.

Le lieutenant l'observe sans mot dire.

Les rares arbres de la longue plaine de Schlevig défilent au garde-à-vous dans le tintement des sonnettes des passages à niveau. A Lübeck, le lieutenant a eu tout juste le temps de téléphoner à ses collègues du bureau d'Interpol, à Wiesbaden en Allemagne pour les avertir qu'il venait de passer la frontière. Il a été convenu qu'un policier allemand viendrait l'assister à Hambourg. Il le reconnaîtrait sur le quai de la gare au fait qu'il tiendrait le journal allemand de Hambourg déplié devant lui.

Au départ de Hambourg, le lieutenant n'est donc plus seul, mais beaucoup de passagers allemands sont montés dans le Nord-Express. Les deux policiers attendent environ une demi-heure que l'activité débordante du garçon qui distribue les couchettes se soit un peu calmée.

« Vous êtes monsieur Lestäu ?

— Oui.

— Avez-vous remarqué, dans ce même train, il y a trois jours, une jeune fille blonde qui vous aurait demandé une couchette ? »

Le regard fuyant du dénommé Lestäu s'arrête quelques secondes, éberlué, sur les deux policiers.

« J'en ai vu plusieurs, vous savez.

— Oui, mais celle-là est morte depuis.

— Non. Ce n'est pas vrai ! Comment était-elle ?

— Très jolie. Elle avait un ensemble deux pièces à carreaux bleu et blanc.

— Quoi ! C'est cette petite-là ? Ah ! c'est affreux.

— Vous l'avez remarquée ?

— Évidemment, je l'ai remarquée ! Elle était si jolie... Et puis elle avait l'air un peu perdue, on aurait dit un oiseau tombé de son nid.

— Vous lui avez trouvé une couchette ?

— Oui, bien sûr.

— Où ça ?

— Dans le wagon n° 6, je crois... Mais je ne me rappelle plus quel compartiment c'était.

— Essayez de vous souvenir.

— Je ne sais pas, peut-être bien le 12...

— Elle était seule dans ce compartiment ?

— Euh... Non...

— Avec qui était-elle ?

— Attendez que je me souvienne. Je ne sais plus s'il y avait une ou deux personnes. En tout cas, il y avait un jeune type avec un blouson beige.

— Revenons à la jeune femme. Vous lui avez parlé ?

— Oui, un peu. »

Et le dénommé Lestäu affiche devant le policier un sourire entendu, un peu désagréable, qui amène la question du lieutenant :

« Vous avez voulu la draguer ?

— Bah ! Oui, un peu. C'est normal, non ?

Mais ça n'a pas marché. Alors j'ai pas insisté. Ces histoires-là, faut pas en faire une montagne, hein ! Y'en a d'autres.

— Où est-elle descendue ?

— Alors ça, je ne sais pas. Attendez, si, à Zurich sans doute, c'est là qu'elle allait !

— Vous ne l'avez pas vue descendre ?

— Non.

— Vous ne l'avez pas vue au-delà de Zurich ?

— Non. Mais je n'y ai plus fait attention. Pauvre gosse. De quoi est-elle morte ?

— C'est curieux que vous ne soyez pas au courant. La presse suisse en parlait beaucoup ce matin.

— Je ne lis pas les journaux suisses.

— Eh bien, on a retrouvé son corps dans le tunnel de Muhlehorn. Peut-être est-elle tombée du train. Mais la police suisse pense qu'il s'agit plutôt d'un crime. »

Le préposé aux couchettes s'est décomposé.

« Ah ! Je comprends. Un crime dans le Nord-Express ! C'est pour ça que vous m'interrogez. Vous êtes des policiers.

— Oui. Vous restez dans le train jusqu'à Rome ?

— Oui. Jusqu'à Rome.

— Alors, nous aurons l'occasion de nous revoir. »

A Francfort, le policier allemand descend du Nord-Express. Il a été convenu qu'il communiquerait au bureau d'Interpol à Wiesbaden les renseignements qu'il aurait pu éventuellement recueillir sur le dénommé Ralph Lestäu.

Entre Francfort et Bâle, la nuit est tombée, le Nord-Express traverse la Forêt-Noire. Avec l'accord du policier allemand, le lieutenant a fait déménager tous les occupants du compartiment nº 12 du wagon nº 6. Le wagon sera détaché à Zurich et la police suisse examinera le compartiment nº 12 de fond en comble.

Le lieutenant s'y est assis. A la lueur sinistre de la veilleuse, il regarde la couchette inférieure dans le sens de la marche. Il y a quelques instants, un homme y était allongé. Personne ne se souvient qui l'occupait hier. Mais avant-hier, la jeune Ebba Christensen était couchée là. C'est peut-être là qu'on l'a tuée. Peut-être une lutte sauvage s'est-elle déroulée ici. A moins que la mort n'ait sournoisement rejoint la malheureuse jeune fille. Mais la beauté des filles est souvent une arme à double tranchant, et cette mort, elle l'a peut-être provoquée. Dieu sait qui l'on peut rencontrer dans le Nord-Express.

Le lieutenant, son chapeau mou rabattu sur les yeux, s'endort. Une petite secousse le réveille... C'est le contrôleur : machinalement, il sort son billet.

« Non, non, c'est pas ça », dit le contrôleur.

Sa casquette n'est plus de travers et ses cheveux ne sont plus en bataille. Il parle à voix basse.

« On a reçu les journaux de Francfort... J'ai lu l'article sur cette malheureuse gosse. J'ai réfléchi.

— Vous vous souvenez de quelque chose ?

— Oui, enfin, je ne suis pas sûr. Voilà : je me souviens que la jeune fille m'a réveillé, avant qu'on arrive à Zurich, pour me demander si elle pouvait continuer jusqu'à Chur. C'est après Zurich. Je lui ai dit qu'il fallait qu'elle fasse prolonger son billet.

— En effet, c'est intéressant. Et c'est ça qui vous a frappé ? Bravo, vous avez de la mémoire.

— Non, c'est pas ça, c'est pas elle qui a payé. Enfin je ne le jurerais pas mais, j'ai l'impression... Enfin, que Lestäu n'était pas loin. Elle riait. Elle me tendait l'argent comme si c'etait lui qui venait de le lui donner.

— Vous croyez qu'il l'aurait décidée à pousser jusqu'à Chur ?...

— C'est possible.

— Et pourquoi aurait-elle accepté d'aller jusqu'à Chur ? »

Là, le contrôleur proteste :

« Écoutez, c'est votre métier de faire des suppositions pas le mien. Quand elle m'a demandé ça, il était à peu près cinq heures du matin et on arrive à Zurich vers huit heures dix-sept. Peut-être qu'elle voulait avoir un peu de temps devant elle. »

Le lieutenant se lève et déambule dans les couloirs pour observer à nouveau Ralph Lestäu qui dort sur la couchette réservée au personnel. Il n'ose pas l'interroger. D'abord, il n'en a pas le droit, car il n'a aucun titre lui permettant d'enquêter en Allemagne. Et puis à quoi bon inquiéter cet homme. S'il se sent suspecté, et s'il est coupable, il peut encore descendre dans une gare quelconque et disparaître.

Dans la nuit, un fantôme attend dans le brouillard, sur le quai de la gare à Bâle. Il monte dans le wagon n° 6 du Nord-Express et se rend directement au compartiment 12. C'est un inspecteur de la police suisse.

« Lieutenant Brensen ? Inspecteur Bujard de la police suisse. Interpol à Wiesbaden nous a transmis les antécédents judiciaires du dénommé Ralph Adolph Lestäu né le 3 octobre 1934 à Rheydt en Allemagne fédérale, de nationalité allemande. Il a subi plusieurs condamnations, dont une pour viol, en 1956. »

Lorsque le Nord-Express, à huit heures dix-sept, entre dans la gare de Zurich, Ralph Lestäu a les menottes aux mains et il a tout avoué.

La jeune Ebba Christensen l'ayant trouvé sympathique, il l'a convaincue de rester dans le train jusqu'à Chur. Elle reviendrait à Zurich par le premier train, et « cela permettrait de faire connaissance »... avait-il dit de son air bizarre.

Seulement, la jeune fille n'était pas disposée à dépasser certaines limites, du moins cette nuit-là et dans le train. Alors de dépit et de rage, il l'a étranglée avant de la jeter par la fenêtre du compartiment. On trouvera d'ailleurs chez lui l'appareil photo et le rouleau de pellicule, dernier cadeau du papa et qui sera rendu à celui-ci presque vierge. Sinon une unique photo. Celle d'un vieux père larmoyant faisant un dernier signe à son enfant pour un voyage sans retour. Tombant du nid pour la première et la dernière fois.

C'EST ÇA UNE SORCIÈRE

LA main d'un grand passager bossu tremble sur le bastingage du *Frederico,* un rafiot italien de croisière, assez minable, qui vient de s'amarrer à Port Everglade en Floride, le long de la jetée en ruine et abandonnée depuis que Fidel Castro règne sur Cuba. Il s'apprête à descendre. Du fond d'une grosse Chevrolet, un douanier mâchant un chewing-gum remarque :

« Il a une drôle de bosse.

— Ouais, une bosse pas naturelle », conclut un second douanier.

Les portières de la grosse Chevrolet des douaniers claquent. Il fait froid même en Floride en cette saison. Le vent fait tinter les filins d'acier sur les mâts métalliques des quelques voiliers qui n'ont pas rejoint Miami pour prendre leur mouillage d'hiver. L'eau, dans le port, est verdâtre. Le grand bossu s'exprime en anglais mais avec un accent traînant et indubitablement suisse, il a les yeux bleus et les cheveux blonds, il est solide comme un bûcheron mais tremblant comme une feuille.

L'un des douaniers tâte à travers la chemise la bosse bizarre. C'est une combinaison d'un corset de femme et de sparadrap, et c'est bien ce qu'ils pensaient : une drôle de bosse.

Quelques minutes plus tard, mâchant toujours son chewing-gum, l'un des douaniers entre dans une cabine du rafiot où une jeune femme souriante achève de prendre son petit déjeuner. Le douanier manque d'en avaler son chewing-gum, car nous sommes à l'époque des mini-jupes et la jeune femme, très belle, porte un tailleur blanc qui laisse apparaître des cuisses bronzées absolument splendides.

« Pourquoi diable une femme si belle iraitelle avec un bossu ? » pense le douanier.

La femme tombe des nues. Que lui veut ce douanier ? Elle montre son passeport : Georgette Louise Baquet, française, âgée de vingtsix ans, dresseuse de chevaux à Alicante en Espagne. Elle regarde le douanier fouiller sa cabine avec étonnement. Son compagnon transportait de l'héroïne ? Qu'est-ce que c'est que cette histoire ?

Comme on n'est pas forcément bête quand on est douanier, et que la cabine ne comporte qu'un lit double, il paraît à l'enquêteur difficile de croire que la jeune femme ne se serait jamais aperçu que son compagnon avait une fausse bosse. Pourtant le Suisse affirme :

« Laissez-la tranquille, elle n'est au courant de rien ! »

Mais le douanier a de l'intuition et il y tient. Il redescend la passerelle, traînant derrière lui la jeune femme dont la personnalité extraordinaire est un étonnant secret qui attend depuis dix ans dans les fichiers d'Interpol.

Miami. Quelque part dans un grand bâtiment de verre et d'acier, Georgette Louise Baquet, vingt-six ans, attend depuis des heures dans un tailleur blanc qui commence à se froisser. L'étonnant secret est toujours ravissant et toujours souriant : mais un « je ne sais quoi » d'étrange traîne sur son visage. Quelque chose d'étrange aussi dans son regard qu'elle tente de cacher avec des lunettes noires.

D'ailleurs, alors que tout devrait être si simple, il règne une atmosphère bizarre sur cette affaire. Résumons : son compagnon, le Suisse Willy Charles Lambert, trente-sept ans, sujet suisse de Lausanne, truand de troisième ordre, arrêté en 1960 à la suite d'une série de cambriolages à Genève, libéré l'année dernière après six ans de prison, vient d'être surpris, alors qu'il transportait, dans une fausse bosse, un milliard et demi d'anciens francs d'héroïne pure. Une belle somme, pour une si vilaine bosse. La souriante jeune femme est accusée de complicité, et bien que son compagnon affirme, sans se lasser, qu'elle n'y est pour rien, elle risque vingt ans de prison si la police peut prouver le contraire. Ce devrait être simple. Mais les policiers qui entrent et sortent du bureau la dévisagent avec beaucoup d'insistance. Et l'avocat désigné d'office a un pli soucieux au front.

La caution de la souriante jeune femme et de son compagnon le minable truand a été fixée à 100 000 dollars, l'équivalent de 500 000 francs nouveaux.

Malheureusement, ils n'ont pas un sou et ils n'ont voulu avertir ni le Consulat de France ni le Consulat suisse. Alors, au lieu d'être en liberté provisoire, ils sont conduits chaque jour, depuis une semaine, de la prison à ce local sinistre. C'est l'époque à Miami où l'on arrête l'air conditionné qui a fonctionné tout l'été et où le chauffage n'est pas encore en route. La jeune femme, toujours souriante, grelotte.

Lambert, qui a perdu sa bosse, lève sa lourde charpente de la banquette où il était assis, pour aller poser sur ses épaules un imperméable avec une douceur paternelle.

« Veux-tu du café ? »

La jeune femme répond d'une voix étrangement légère. Les mots, dans sa bouche, sont comme l'eau d'une source qui coule. Une voix d'enfant. C'est drôle de voir cette femme si belle, souriant derrière ses lunettes noires, parler avec cette voix d'enfant.

Un policier s'absente un instant pour aller chercher du café dans une distributrice automatique, qui doit automatiquement servir un café automatique, quelque part dans cet immeuble automatique où crépitent des télex, où murmurent des voix venues de tous les coins des États-Unis, sur des récepteurs de radio ondes courtes.

Lorsqu'il revient, le policier tend à la jeune femme sa tasse de café en carton et ne dit que quelques mots à l'avocat consterné :

« Son passeport est faux. On va consulter Interpol. »

Tandis que le minable truand pousse un soupir, tandis que les épaules de la jeune femme s'affaissent, que son ravissant visage d'enfant vieillit brusquement, un opérateur radio, quelque part dans le grand immeuble de verre et d'acier, entre en rapport avec l'administration du F.B.I. à Washington, dont un service a été désigné pour être le correspondant d'Interpol.

Le service n'a rien dans ses fichiers au nom de Georgette Louise Baquet. Mais à Washington il n'est encore que trois heures de l'après-midi et, la station radio se trouvant dans les mêmes locaux, le service a largement le temps d'entrer en rapport avec le secrétariat général d'Interpol à Paris, où le commissaire Valentin, qui dirige la division « police », bourre sa première pipe de la journée, car il n'est que neuf heures du matin.

Pendant que le commissaire Valentin allume sa pipe avec délectation, un message en morse part de Washington pour le secrétariat général d'Interpol.

Le commissaire Valentin regarde la porte de son bureau, tout ici est réglé comme une pendule. Il va entendre des pas dans le couloir et une secrétaire va frapper à sa porte. Voilà, ça y est : on frappe.

La secrétaire pose sur le bureau un dossier contenant les plus importants des messages parvenus durant la nuit. Il y trouve notamment un texte commençant par les lettres « X.D. », ce qui signifie que le message a stoppé à son profit tout le trafic en cours, puis des nom et prénoms : Georgette Louise Baquet, et des renseignements signalétiques : faux passeport, impliquée dans un trafic de stupéfiant, et la mention : Carmo, C.A.R.M.O. C'est un code en langage abrégé qui signifie : « Transmettre tous renseignements utiles au sujet de cette personne, notamment sur ses antécédents judiciaires, son véritable état civil et son activité criminelle. »

A 1 000 kilomètres de là. Dans le grand bâtiment de verre et d'acier de Miami, l'avocat de la jeune femme est parti précipitamment pour se renseigner de son côté. Des policiers ont emmené sans ménagement, menottes aux mains, le truand minable qui n'a décidément pas la vedette dans cette affaire. La jeune femme reste seule avec un paquet de cigarettes, dans le local sinistre et calme. Le jour va baisser.

C'est alors qu'apparaît un nouveau personnage. Il entre et referme soigneusement la porte derrière lui. On dirait une sorte de Maigret à cheveux roux. Il prend une chaise, s'assoit en face de la jeune femme et l'observe intensément. Puis il avance le bras.

« N'ayez pas peur. »

Il lui retire ses lunettes noires. La jeune femme reste souriante comme elle l'a toujours été. L'homme la regarde longuement, comme si quelque chose devait lui apparaître derrière ce masque d'enfant, comme sous ces portraits repeints derrière lesquels, en les grattant, on découvre un nouveau visage. Ces yeux noirs ne vont pas avec des cheveux si blonds... L'éclat sombre des yeux dément ce que le visage a d'enfantin. Bientôt, le perpétuel sourire n'en est plus un. Est-ce un papillon de nuit ou une sorcière ?

« Dommage, marmonne le Maigret à cheveux roux, dommage qu'on ne puisse pas changer la couleur des yeux, n'est-ce pas ?

— Pourquoi ? » demande la jeune femme.

Le rouquin se fait subitement brutal.

« Je suis détective privé et je suis sûr que vous avez fait transformer votre visage par la chirurgie esthétique. Alors la police m'autorise très officieusement bien sûr, à passer un marché. Voilà : la police est convaincue que vous étiez parfaitement au courant du trafic de ce pauvre type. Convaincue qu'il y a d'autres sachets d'héroïne cachés, et que vous savez où ils sont. Si vous nous dites où se trouve le reste, et qu'au lieu de nier, vous acceptez de plaider coupable, vous n'aurez que cinq ans. Avec les remises de peine, ça ne vous fera que trois ans. Voilà ce que je vous offre. »

Comment supposer que cette femme souriante et jolie, inoffensive et menue, cette femme-enfant, cette femme-oiseau, va accepter d'être accusée de trafic d'héroïne ? Pourtant, après avoir réfléchi quelques instants comme si elle cherchait à démêler son intérêt dans le chaos où elle est plongée... comme une petite fille qui chercherait sa poupée dans le désordre de ses jouets... elle demande de cette voix douce où les mots sont comme des grelots :

« Pourquoi accepterais-je ce marché ?

— Vous le savez très bien. Quand une jeune femme qui se fait transformer le visage par la chirurgie esthétique, et munie d'un faux passeport, est mêlée à un trafic d'héroïne, c'est qu'elle n'en est pas à son premier forfait. Il y a de grandes chances pour qu'elle ait un dossier dans les tiroirs d'Interpol. Il vaut peut-être mieux faire trois ans de prison aux États-Unis que dix années ailleurs, ou plus... à vous de choisir. »

Pendant ce temps, au secrétariat général d'Interpol, à Saint-Cloud, le message de Washington est traité en priorité parmi les centaines de documents transmis au groupe chargé des trafics de stupéfiants, des affaires de mœurs et de traite des femmes.

Une documentaliste assise sur un siège à roulettes circule le long d'un immense fichier où sont classés près de deux millions de fiches ; elle cherche :

« Georgette Louise Baquet... Voyons, Georgette Louise Baquet... »

Une demi-heure plus tard, une conférence réunit le commissaire Valentin et les responsables du groupe des stupéfiants.

« Alors ? » demande le commissaire Valentin.

Les hommes montrent leurs mains vides.

« Rien dans le classement alphabétique, ni dans le classement phonétique.

— Et dans le fichier des infractions ?

— Rien d'intéressant.

— Tiens !... C'est bizarre. »

En effet, c'est bizarre. Dans ce fichier, cinq cent mille infractions internationales sont classées par genre, par date et par lieu, pour permettre, en comparant la façon de faire et le signalement de malfaiteurs spécialisés dans un certain trafic, de les identifier même s'ils changent sans arrêt d'état civil.

Or, le commissaire Valentin, comme les policiers américains, ne peut pas croire que cette Georgette Louise Baquet, étant donné les circonstances de son arrestation et son étrange personnalité, soit une débutante dans le crime. Il y a sûrement, quelque part, là, dans ces énormes fichiers, quelque chose qui la concerne. Mais où ? Qui ? Quoi ?

Pour aller au bout des possibilités, le secrétariat d'Interpol lance une demande de renseignements accompagnée d'une fiche signalétique confidentielle, qui part le jour même pour tous les bureaux centraux nationaux d'Interpol d'Europe et d'Amérique. C'est le grand jeu. Interpol cherche son aiguille dans sa propre botte de foin.

A Miami, il fait nuit et l'on a reconduit la jeune femme dans une coquette prison de briques rouges. Elle y entre en tempête, car on ne lui donne pas une chambre individuelle et parce qu'on lui a retiré son dernier abri : ses lunettes noires. Mais elle a bon appétit, et nettoie soigneusement l'assiette de métal dans laquelle on lui sert ses trois repas quotidiens. Quand elle n'est pas clouée devant la télévision, elle joue aux cartes avec deux prisonnières cubaines arrêtées pour kidnapping. Elle parle espagnol, anglais, allemand. Désinvolte, enjouée, toujours très soignée, il émane d'elle un charme que tout le monde subit. Au son de la radio, elle danse avec un prisonnier célèbre, le syndicaliste gangster qui dirigeait l'Union des syndicats des chauffeurs de poids lourds. Ce comportement, bientôt, n'étonne plus personne. Car elle est enfin identifiée : et comme le commissaire Valentin, on ne l'appelle plus que : « La Sorcière. »

A la demande d'Interpol, le bureau central

de Zurich vient en effet de répondre : « Son passeport est faux, elle s'est fait refaire le visage, elle s'est fait teindre les cheveux, mais nous avons identifié ses empreintes digitales, il n'y a aucun doute possible, c'est elle, Lucette Becquer. »

Quelque temps plus tard, dans la grande salle d'audience de la Cour fédérale de Miami, une jeune femme de vingt-six ans grelotte de froid au banc des accusés. Elle est là comme une épave de l'été. Elle a perdu son bronzage en prison et le tailleur qu'elle portait à son arrestation est tout froissé.

Les trente journalistes et photographes qui se pressent autour d'elle ne remarquent pas que ses ongles, autrefois toujours bien faits, sont aujourd'hui rongés jusqu'à la peau. Ils n'ont d'yeux que pour ce visage refait, transformé par la chirurgie esthétique. Ils guettent chaque expression de « la Sorcière ».

Dès qu'il a su qu'il pouvait s'agir de Lucette Becquer, le commissaire Valentin a retrouvé une fiche à son nom portant une demande d'arrestation provenant de Suisse. En examinant les deux affaires, celle de Georgette Louise Baquet et celle de Lucette Becquer, il y a trouvé une analogie.

Depuis des semaines, du fond de sa prison, Lambert, le truand de troisième ordre qui transportait la plus grosse quantité d'héroïne pure jamais introduite par un seul homme aux États-Unis, ne cessait de répéter :

« Je vous en prie, laissez-la, elle ne sait rien. »

Et c'est cette petite phrase qui a fasciné le commissaire Valentin : « Elle ne sait rien. » Elle le fascine parce qu'il y a sept ans, un homme affirmait devant les jurés de la cour d'assises de Genève :

« Je vous en prie, laissez-la, elle ne savait rien. »

Et il venait de tuer pour elle.

Donc, en ce temps-là, elle s'appelait Lucette Becquer. Femme de Robert Becquer. Ce couple maudit venait à peine d'entrer en cour d'assises qu'une espèce de stupeur s'emparait des meilleurs journalistes venus par dizaines de toute l'Europe.

Robert Becquer était le fils d'un ancien consul, gros garçon myope et bégayant, boy-scout accompli, mais étudiant malchanceux. Lucette était la fille, jusque-là sans reproche, d'un petit industriel, inscrite sans conviction dans un cours de sténodactylo. Ils s'étaient épousés au sortir de l'adolescence, à la suite d'une « faute » commise pendant les vacances au bord de la mer. Une vie médiocre commençait, le fils de diplomate n'étant qu'un employé de banque, elle n'étant qu'une ménagère qui s'ennuyait dans une villa de banlieue, avec une enfant qui grandissait.

Et puis ce fut le dérapage : le père du mari mourait en leur laissant 20 millions.

Voici Robert donnant des réceptions, versant le whisky à grandes rasades. Lui, dont on raillait la maladresse, le voici au volant d'une voiture de sport. Le voici, lui, le grand timide, au bras de Lucette, devenue une femme éblouissante. Et elle, secrètement dominatrice, la voici avec un homme à ses pieds et qui s'y vautre. Elle est admirée, enviée, désirée de toutes parts. Les millions sont vite dilapidés. Robert retrouve sa timidité, essaie de suggérer qu'il faudrait peut-être réduire les dépenses, mais elle le regarde d'une telle façon qu'il ne posera plus jamais la question.

Désormais, la seule question est : comment continuer ? Et voici la réponse :

« Si mon père disparaissait...

— Si ton père mourait... »

En réalité, on ignore qui parla le premier. Ce père, Lucette le connaissait à peine car il ne l'avait pas élevée. Mais tous deux savaient qu'il laisserait derrière lui un héritage considérable. Le soir du 7 juillet, quand Robert retrouva sa femme, il n'eut que deux mots pour lui annoncer la chose :

« C'est fait ! »

Elle, pendant ce temps, était allée danser : un alibi à toute épreuve.

Alors on les revit partout. A Megève où il disputait des championnats de ski. A Cannes où, au volant de sa Plymouth blanche, elle gagnait des concours d'élégance automobile ou posait sur la plage avec son doberman.

Tous les soirs : dancings, boîtes de nuit. Le champagne coulait à flots. Robert, qu'on disait impuissant, ne lui refusait rien, même pas les amants. Elle en aura une demi-douzaine en six ans. Il le savait mais il ne disait rien. Il l'aimait. La « Dolce Vita » a pris fin le 9 juin 1959. Ce jour-là, les « diaboliques de Genève » ont quitté leur luxueuse villa pour deux cellules de prison. C'est alors que Robert affirmait :

« Laissez-la, je vous en prie, elle ne savait rien. »

Mais c'était elle qui avait coupé en morceaux la veste tachée de sang de son mari. Alors les jurés de Genève condamnaient la jeune femme à huit ans de réclusion.

Lucette fut une prisonnière incorrigible. Lorsqu'elle s'ennuyait, la colère lui montait à la tête. Elle serrait les poings, tirait la langue aux gardiennes, faisait du strip-tease pour les narguer, tombait amoureuse du célèbre bâtonnier Jaccoud et déclarait qu'elle ne voulait pas vieillir en prison.

Un dimanche, à la fin de l'été, elle réussit à s'évader avec l'aide d'une femme inconnue, à quitter la Suisse dans une voiture allemande, et le bureau suisse d'Interpol envoyait une demande de renseignements et d'arrestation qui devait dormir longtemps, jusqu'à cette salle du tribunal de Miami.

« Lucette Becquer, dit la voix du juge fédéral assis sous le drapeau étoilé, vous êtes accusée d'intention de contrebande d'héroïne. Plaidez-vous coupable ?

— Oui », répond la petite voix grelottante.

A Saint-Cloud, le commissaire Valentin, qui ne connaîtra le procès que par les journaux, se doute que c'est la réponse convenue avec la police. En échange de quoi « la Sorcière » a dû dévoiler où était cachée la réserve d'héroïne.

Le commissaire Valentin imagine le procès qui doit se dérouler, morne et sévère, et se demande comment Lucette Becquer a pu en arriver là ? Comment a-t-elle pu tomber si bas ? Pour tous ceux qui l'ont connue au temps de sa splendeur, que Lucette Becquer puisse appartenir au milieu, qu'elle soit devenue la maîtresse d'un vulgaire petit truand, paraît un mystère inexplicable.

Car ce n'est pas d'aujourd'hui qu'elle est en relations avec les truands. Il lui a fallu des complicités dans le milieu pour s'évader. Et pour se faire refaire le visage, il lui a fallu s'introduire dans un monde où les chirurgiens marrons connaissent la loi du silence. Celui qui l'a opérée ne pouvait pas ignorer qu'elle était Lucette Becquer. Combien d'hommes, depuis six ans, cette petite femme souriante a-t-elle ensorcelés ?

C'est là qu'il faut se souvenir de la déclaration des psychiatres au procès de Genève. Ils avaient dit :

« L'âge mental de cette femme est celui d'une enfant de treize ans. Malgré l'apparence, malgré l'intelligence, malgré les froids calculs : âge mental, treize ans. La fraîcheur des enfants, la séduction des enfants, le désir têtu des enfants, les caprices d'enfants, la cruauté des enfants, sous les traits d'une femme adulte : c'est peut-être ça une sorcière. »

Quelques semaines plus tard, le commissaire Valentin recevra notification de la condamnation : sans doute parce que la justice américaine a voulu tenir compte du marché passé avec la police, « la Sorcière » n'est condamnée qu'à sept ans ; avec les réductions de peine, cela fera quatre ans, c'est-à-dire deux années de moins que si elle avait été extradée en Suisse. Tout cela est scrupuleusement reporté dans le fichier. Et l'on reste songeur devant ce dossier car on peut y lire que « la Sorcière » avait une petite fille. Le seul être que d'un avis unanime elle ait jamais aimé. Qu'elle doutait sans doute de revoir jamais, au point qu'elle refusait de parler d'elle ! L'a-t-elle seulement revue ? Se sont-elles rejointes ? Se sont-elles reconnues ?

Aujourd'hui, « la Sorcière » devrait être libre, mais peut-on être tout à fait libre avec ses empreintes digitales dans les fichiers d'Interpol ?

LA CHAMBRE SECRÈTE

En principe, ces deux ravissantes silhouettes de jeunes filles, faisant du stop sur le bord de la route qui longe la plage de Jensen Beach, en Floride, ce 21 juillet 1972, ne devraient pas attendre bien longtemps. D'ailleurs, la première voiture qui passe s'arrête.

Mais c'est une voiture de police. Un policier en uniforme, du type costaud aussi large que haut, au visage sympathique, en descend et s'approche. Il peut avoir entre trente et trente-cinq ans.

« Vous savez qu'il est interdit de faire du stop dans ce comté ! »

Devant l'étonnement des jeunes filles, il ajoute :

« Je n'y peux rien, ce n'est pas moi qui fais les lois ici. Enfin, je vais essayer d'arranger ça... »

Le policier retourne dans sa voiture et s'adresse par radio au bureau du shérif :

« J'ai là deux filles en carafe sur le bord de la route. Est-ce que je peux les ramener chez elles ?

— Où vont-elles ? » demande dans un crachotement, une voix lointaine.

Le policier se retourne vers les jeunes filles :

« Où allez-vous ?

— A Stuart.

— A Stuart, répète le policier.

— Bon. Ça va. O.K. ! Dépêche-toi. »

Les deux jeunes filles montent dans la voiture de police avec la même désinvolture, la même blondeur, la même minceur et les mêmes yeux bleus.

En roulant, le policier leur demande ce qu'elles faisaient là, près de la plage.

Nancy et Paula racontent qu'elles sont descendues du *Grey Hound**, dans la ville de Stuart, le matin même. Pour tout bagage, elles avaient une petite valise à peine remplie de quelques minuscules maillots de bain, d'un assortiment complet de produits solaires, de quelques objets de toilette, d'un transistor et de deux ou trois bouquins.

L'unique raison de leur venue en Floride, c'est évidemment le bronzage. Ces deux très jolies filles, respectivement âgées de dix-huit et vingt ans, ont décidé de consacrer huit jours à

* Célèbre compagnie d'autobus américaine.

cette tâche, somme toute agréable, et qu'elles considèrent comme indispensable à la perfection de leur beauté. Une heure après être descendues du bus, elles avaient trouvé un petit appartement. Une heure après leur installation, elles étaient prêtes à se rendre à la plage.

Mais la plage de Jensen Beach, la plus proche, est à trois kilomètres de leur appartement. Elles s'y sont donc rendues en auto-stop. Vers treize heures, ne voulant pas s'exposer trop longtemps ce premier jour, elles ont regagné la route pour retourner chez elles, toujours en stop, bien entendu. Et c'est là que le policier les a trouvées.

« Si je comprends bien, remarque le policier, demain vous allez avoir le même problème pour vous rendre à la plage et en revenir. Alors, écoutez, ce coin est dans ma zone de patrouille. Si vous voulez, demain, je viens vous prendre vers neuf heures, O.K. ? »

Les deux jeunes filles acceptent avec joie. Qui trouver de mieux comme chauffeur qu'un policier, d'autant plus que celui-là est fort sympathique.

Le lendemain, à l'heure dite, une voiture s'arrête devant Nancy et Paula qui attendent à l'entrée de leur immeuble, vêtues de deux robes légères, un sac de plage à la main. Ce n'est pas la voiture de la police, mais une Datsun bleu clair. Pourtant, c'est bien le policier qui en descend, en jeans et chemisette.

« J'ai un boulot particulier à faire cet après-midi, dit-il. Je dois surveiller des gens. Il vaut mieux que je ne me fasse pas remarquer. »

Nancy s'assoit à l'avant et Paula à l'arrière, et toutes deux le remercient.

« Pas de quoi, répond le policier. Appelez-moi Gerry. »

Après avoir roulé quelques centaines de mètres, Gerry leur propose un tout petit crochet afin de leur faire visiter un fort espagnol dont les ruines, d'ailleurs bien conservées, sont cachées dans la brousse qui borde la route.

En visitant le monument, il leur pose quelques questions, somme toute assez bizarres :

« Où habitez-vous ?

— A Releigh.

— Vous travaillez ?

— Oui... dans une compagnie d'assurances.

— Vous avez beaucoup d'amies là-bas ?

— Quelques-unes.

— Est-ce qu'elles se droguent ?

— Pas particulièrement, mais on n'en sait rien... De toute façon, ça les regarde. Pourquoi ?

— Ça m'intéresse. »

Dans la voiture, les questions insolites reprennent, auxquelles les jeunes filles répondent d'ailleurs sans y prêter grande attention, en échangeant des coups d'œil amusés. Elles ne prennent pas du tout le policier au sérieux et pensent qu'il est un peu fou.

Et puis, brusquement, Gerry éclate :

« Vous savez, c'est dangereux, le stop. Il peut arriver n'importe quoi. Imaginez, par exemple, que je creuse un grand trou et que je vous enterre dedans ? »

Les deux jeunes filles, décontenancées, se regardent et se taisent. Mais la voiture s'est arrêtée, et Gerry s'est tourné vers elles :

« Imaginez que je sois un voleur et que je vous demande de vider vos sacs sur vos genoux. Allez-y, faites-le ! »

Nancy et Paula, devant l'air décidé du garçon, s'exécutent. Il examine sans y toucher les objets anodins répandus sur leurs genoux. Mais, dans son visage carré, le regard jusque-là chaleureux est devenu brillant et acéré. Le sourire a fait place à une expression déterminée, rendue plus inquiétante encore par le tremblement de ses mains. Il demande à Nancy de se tourner et de mettre ses mains derrière son dos.

Tandis que la jeune fille s'exécute, avant qu'elle ait eu le temps de réaliser, il sort des menottes de la boîte à gants et les lui fixe aux poignets.

« A vous maintenant, Paula... »

Évidemment, Paula refuse. Alors Gerry saisit Nancy par le cou :

« Un violeur vous dirait : si tu ne te laisses pas faire, j'étrangle ta copine ! »

Voilà donc les deux jeunes filles dans la Datsun bleue, les mains attachées derrière le dos par des menottes. Le soleil tape sur la voiture, et il y fait une chaleur étouffante. Est-ce une blague, un drame ou un cauchemar ? Pour l'instant, c'est à mi-chemin entre la blague et le cauchemar. Pendant un quart d'heure, Gerry leur tient un discours qui paraît aux jeunes filles complètement incohérent :

« Vous avez entendu parler de la traite des blanches ? Eh bien, vous savez que si j'étais un salaud je pourrais vous vendre au Mexique ? »

Puis il réfléchit :

« A moins que je demande une rançon à vos parents. Est-ce que vos parents paieraient une rançon ? »

Puis, sans attendre leur réponse, il conduit la voiture sur un chemin, à peine visible dans les broussailles, jusqu'au bord d'une rivière large à cet endroit comme un petit lac. L'endroit serait agréable s'il n'était pas si inquiétant.

Il fait asseoir Paula sur la couverture, lui lie les chevilles, lui enroule une corde autour des épaules et lui confectionne un bâillon. Lorsqu'il voit que Nancy, morte de peur, jette un regard affolé autour d'elle, il la prévient :

« Attention ! Si l'une de vous s'échappe, je tue l'autre ! »

Paula étant immobilisée sur sa couverture, il s'empare de Nancy et la conduit une centaine de mètres plus loin dans un bouquet de palétuviers dont certaines racines plongent dans l'eau et d'autres rampent sur le sol. Il fait un nœud coulant avec un bout de corde qu'il lui passe autour du cou. Il lance l'autre extrémité de la corde par-dessus une branche basse, fait monter la jeune fille sur une racine, tend la corde et l'immobilise par un nœud solide. Il recule d'un pas et admire son travail : debout sur sa racine, si son pied venait à glisser, Nancy serait immédiatement étranglée. Gerry a l'air vraiment satisfait de son installation.

Réalisant la situation où elle se trouve, la jeune fille se met à hurler et à pleurer. Alors, Gerry lui tape sur les fesses.

« Tais-toi ! Sinon je pourrais te violer ! »

Là-dessus, il s'en va tranquillement, sans doute pour retrouver Paula.

Mais les deux Américaines sont de véritables sportives, et Nancy, à force de se contorsionner, parvient à glisser son menton dans la boucle du nœud coulant. Penchant alors doucement la tête en arrière pour lever le menton, elle desserre lentement la boucle, et, lorsqu'elle lui paraît assez lâche, elle ploie sur ses genoux pour se dégager. Il lui faut de longues minutes pour y parvenir, le plus difficile étant le passage du nez. Heureusement, le sien n'est pas grand.

Elle descend alors de la racine où elle était juchée, les mains toujours liées dans le dos par les menottes, et court le long de la rive en direction de la route. Mais à travers les buissons elle aperçoit la Datsun bleue. Elle retourne alors vers la rivière dont elle essaie de descendre le cours en s'enfonçant dans la vase jusqu'aux genoux.

C'est alors qu'elle entend la voix de Paula qui l'appelle. Elle regarde sur la rive et aperçoit son amie attachée exactement dans la position où elle était quelques instants plus tôt.

Nancy hésite, car elle craint le piège. Gerry, ayant constaté sa disparition, pourrait obliger Paula à l'appeler pour la faire revenir. Mais de toute façon maintenant il l'a vue, et il va la poursuivre. Alors elle continue à descendre la rivière. Lorsque le fond devient plus ferme, elle court dans l'eau, soulevant des gerbes d'écume pour faire fuir les animaux qui pullulent dans ces marécages de Floride.

Lorsque la rivière traverse une clairière, elle croit entendre Gerry courir derrière elle. Elle quitte la rivière et s'engage dans l'énorme végétation qui longe la route. Mais les moustiques, la densité de la végétation et surtout la peur des araignées et des serpents l'obligent à choisir : c'est la rivière ou la route. Elle choisit la rivière.

De l'autre côté de la rivière, elle entend des bruits de voitures... Il y a donc une autre route de ce côté-là. Alors, malgré les menottes qui lui lient les mains derrière le dos, elle décide de la traverser à la nage.

Nancy est une remarquable nageuse, car traverser, en se propulsant uniquement avec les jambes, une rivière d'une cinquantaine de mètres n'est pas une chose facile. D'autant moins facile qu'il s'agit d'un petit estuaire dans lequel la mer remonte, agitant de petites vagues, et qu'elle doit traverser des bancs de méduses qui lui brûlent les jambes. Lorsqu'elle prend pied sur la route, la première voiture qui s'arrête est encore une voiture de police, mais il s'agit du shérif en personne. Car depuis quarante-cinq minutes tous les policiers disponibles du comté recherchent Nancy.

En effet, Paula est parvenue à force de hurlements à attirer l'attention d'un camionneur qui, quittant la route, l'a cherchée et découverte sur la rive accrochée à son arbre. Quelques instants plus tard, Paula racontait leur aventure au bureau de la police. C'est donc là qu'ils se retrouvent tous, face à Gerry que le shérif a convoqué d'urgence, et qui s'est présenté, moitié contrit, moitié goguenard, pour s'expliquer :

« J'ai voulu leur donner une bonne leçon pour qu'elles comprennent que le stop, pour des filles comme elles, c'est de la folie ! D'ailleurs, je n'ai pas touché un seul de leurs cheveux. Si Nancy ne s'était pas échappée et si Paula n'avait pas hurlé comme une folle, je les aurais tout bonnement conduites à la plage. »

Évidemment, les jeunes filles protestent. Alors Gerry prend tous ceux qui l'entourent à témoin :

« J'y ai peut-être été un peu fort, c'est vrai. Mais croyez-moi elles exagèrent... Elles exagèrent beaucoup. D'ailleurs, si j'avais voulu leur faire quoi que ce soit, j'en avais mille fois le temps et je m'y serais pris autrement, non ? »

Comme le policier Gerry Keller lui a été très chaudement recommandé par un membre influent du gouvernement de Floride, le shérif n'est pas loin de penser qu'une simple sanction administrative suffira. Or il est en train de déclencher l'une des plus fantastiques affaires criminelles de l'histoire des États-Unis. Et il ne se doute pas de la surprise qui l'attend, le lendemain matin, lorsqu'il arrive à son bureau.

Il y a là deux femmes en noir, brandissant le journal local, et hurlant ensemble :

« C'est lui ! C'est l'assassin ! C'est sa voiture !

— Du calme, du calme », demande le shérif.

Et les deux femmes d'expliquer qu'il y a six mois elles ne se connaissaient pas. Mais chacune avait une fille, l'une de dix-huit ans, l'autre de dix-sept ans. Les deux jeunes filles sont parties à la plage avec un garçon, et depuis on ne les a plus revues. Mais l'une des deux femmes avait entrevu le garçon que les filles lui avaient présenté comme un homme agréable, jouant admirablement de la guitare. La brave femme ne l'avait pas trouvé tellement sympathique, et elle avait voulu retenir le numéro d'immatriculation de sa voiture. Malheureusement, elle n'avait pas réussi à s'en souvenir. Tout ce qu'elle savait, c'est qu'il s'agissait d'une voiture étrangère bleue, immatriculée en Floride, et le numéro désignant le comté était « quatre ».

La police avait cherché pendant des mois. Les deux mères, qui ne se connaissaient pas, avaient décidé de grouper leurs efforts et, depuis des semaines, visitaient toute la côte de la Caroline à la Nouvelle-Orléans. Et puis, ce matin, voilà que le journal local avait reproduit la photo de la voiture du policier Gerry Keller qui aurait maltraité deux jeunes filles. Or, il s'agit bien d'une voiture étrangère. Elle est, paraît-il, bleue, immatriculée en Floride, et c'est sans doute la cause de l'insuccès des recherches, le numéro du comté n'est pas « quatre », mais « quarante-deux ».

Le shérif, estomaqué, convoque immédiatement Gerry Keller.

« Je crois bien que c'est lui, dit l'une des dames en noir.

— Je n'ai jamais vu cette femme ni entendu parler de ces deux jeunes filles », réplique le policier.

Et son interrogatoire s'arrête là pour un instant. Mais la police se jette fébrilement sur toutes les déclarations de disparitions et demandes de recherches. L'une d'elles émane d'Interpol. Il s'agit d'une jeune Française qui aurait quitté la France il y a deux ans pour rejoindre un ami inconnu en Amérique, malgré l'avis de ses parents.

Ceux-ci n'ont aucun renseignement sur le jeune homme, sinon une lettre que la jeune fille aurait envoyée poste restante à Stuart, en Floride, et qui en serait revenue, le destinataire n'ayant pas été la chercher. Elle est curieusement adressée à Gerry :

« Gerry, mon amour,

« Je suis seule quand tu n'es pas là. Je t'aime trop pour vivre sans toi. Papa ne me laissera jamais partir. Je vais donc être obligée de m'en aller en lui laissant simplement une lettre... »

Bien entendu, Gerry Keller affirme ne pas connaître cette jeune Française. Il n'a d'ailleurs jamais été en France.

Ce à quoi le B.C.N. d'Interpol à Paris répond que la jeune Française en question s'était rendue l'année précédente aux États-Unis pour un championnat de natation qui se disputait en Floride et qu'elle aurait parfaitement pu rencontrer Gerry Keller. Les coïncidences à propos de Gerry Keller continuent d'ailleurs de s'accumuler sur le bureau du shérif.

Deux clochards ont une curieuse façon de gagner leur vie : ils cherchent les vieilles boîtes de bière en aluminium pour les revendre au poids. Or, près d'un petit cours d'eau voisin de l'Indian River, suivant pas à pas la piste des boîtes de bière, ils tombent sur une fosse où sont enterrés des morceaux de deux corps féminins. Les animaux ont éparpillé les os un peu partout, et les crânes des deux victimes ont disparu. Le dépeçage a été fait avec la précision d'un boucher, et l'on s'est servi comme billot d'une grosse racine de palétuvier, qui en porte les marques.

Or il y a, toujours pendue dans les branches, une corde avec son nœud coulant. Il semble bien que les deux victimes aient subi une immobilisation très semblable à celle de Paula et Nancy. D'ailleurs, l'examen des cadavres, ou ce qu'il en reste, démontre que les jeunes filles sont mortes étranglées ou pendues, et grâce à la denture on identifie l'une d'elles, il s'agit de la jeune Française.

Gerry Keller se retrouve à nouveau dans le bureau du shérif, et, chaudement recommandé ou pas par un ponte du gouvernement, il n'en ressort plus. Et sa vie privée est passée au crible.

Gerry Keller est marié, et l'on ne peut retenir, comme en France, le témoignage de sa femme. Par contre, on note que ses voisins le considèrent comme un garçon charmant, très sérieux et d'une exquise politesse. Toutefois, il y a un mystère dans sa vie. C'est la chambre qu'il a conservée dans la maison de sa mère, à Fort Lauderdale. Elle est fermée à clef et personne d'autre que lui n'a le droit d'y pénétrer.

On y trouve : une petite bibliothèque où

figurent de ravissants ouvrages, notamment : *L'histoire de la torture* et *Les limites de la souffrance humaine.* Une commode bourrée de reliques : deux dents en or, un bracelet, divers vêtements ou objets de toilette ayant appartenu jadis à des jeunes femmes, des papiers d'identité, plusieurs couteaux, de la corde, des fusils et, surtout, un extraordinaire manuscrit. Rédigé parfois d'une écriture précise, d'autres fois parfaitement tapé à la machine, il raconte un nombre incalculable de meurtres et de viols et décrit des relations sexuelles entre un vivant et des mortes. Le tout illustré de photos de cadavres de femmes pendues à des arbres. A côté de ces histoires, toujours rédigées à la première personne, on peut lire des annotations et une sorte d'index à usage pratique : « Lorsqu'on tue une femme, il faut creuser sa tombe d'avance. Après le dépeçage, éparpiller les os et laisser les fourmis faire disparaître les chairs et la peau. » Toutes sortes d'horreurs qu'il est impossible d'évoquer sans tomber dans un abîme sans nom.

Le manuscrit est rédigé à la première personne, et les victimes n'y sont pas anonymes. Grâce à lui, la police peut identifier plus de vingt-deux jeunes filles ou jeunes femmes qui, en trois ans, ont été tuées par le policier Gerry Keller, et toutes d'une manière à peu près semblable.

Ses tendances sado-masochistes doublées de nécrophilies triplées de scatologie conduisent directement Gerry Keller à l'hôpital psychiatrique. Et là, il s'explique avec lés psychiatres curieux de son cas :

« On peut être fou et intelligent. J'espère que mon avocat plaidera « non-coupable », car je suis sans doute fou ou malade. Je suis capable de m'intéresser à beaucoup de choses, mais je ne peux me contrôler. C'est aux médecins d'en décider. »

Ils décideront que Gerry Keller est fou. Et à propos d'un fou on ne peut pas faire de commentaire.

LA PLANQUE

Le 26 mai 1969, un peu avant onze heures, le portier galonné et chamarré d'un grand bijoutier parisien soulève sa casquette. Il est là pour cela : soulever sa casquette, ouvrir et fermer les portières, au besoin protéger avec un grand parapluie les clients de ce joaillier de réputation mondiale.

Il soulève donc sa casquette, mais sans ouvrir de portière parce que les trois clients qui se présentent sont arrivés à pied : deux hommes et une femme.

A leur allure, les deux hommes sont des princes arabes, ou quelque chose d'approchant. Derrière eux marche une femme d'un certain âge, au profil aigu, non voilée bien qu'en djellaba. Les trois personnages entrent dans la boutique avec cet air de détermination hautaine et désinvolte qui sent le pétro-dollar de loin.

Le portier les fait entrer avec déférence. Et il reprend sa faction symbolique, sur le trottoir de la rue de la Paix.

Il attend trois quarts d'heure. Et puis la porte s'ouvre. Le sous-directeur accompagne les trois clients jusque sur le palier. Ils sortent tous les trois, les deux hommes d'abord, la femme ensuite en disant « au revoir » en français, mais avec un curieux mélange, pour un parisien du moins, d'accents arabe et anglais.

Le portier contemple la scène d'un air blasé. Ces trois-là viennent sûrement d'acheter un bijou de plusieurs millions de nouveaux francs en le marchandant comme au souk, ou en le payant en liquide, avec des rouleaux sortis de leurs poches, sous leur djellaba.

Le portier en est là de ses réflexions quand il voit les deux « princes arabes » et la femme qui les suit se diriger vers le passage clouté. Il les suit du regard, pendant qu'ils traversent, observant rêveusement la manière dont la femme, malgré son âge, marche derrière les deux hommes.

Le portier se dit que même milliardaire, sa femme ne marcherait pas ainsi, humblement derrière lui.

A ce moment, son regard s'agrandit de stupéfaction ! Car ce qu'il voit lui semble tout à fait incroyable. Et il se précipite dans la boutique.

C'est ainsi que commence l'affaire des Ben

Aomar et des Ben Slaoui : elle ressemble à un conte des Mille et Une Nuits, qui va faire plusieurs morts. Et dure peut-être encore.

Lorsqu'il a vu entrer les deux « princes arabes » et la femme qui suivait, le sous-directeur du magasin parisien de ce très grand bijoutier parisien les a reçus comme il se doit : c'est-à-dire sans démonstrations d'empressement inutiles. Un grand joaillier n'est ni empressé, ni déférent : il est attentif.

Le sous-directeur a donc traité ces deux « princes arabes » avec l'attention qu'ils méritaient : du moins, le croyait-il. Discrètement, il fit signe à l'employé, pour faire avancer vers la femme un siège Louis XV. Elle refusa de s'asseoir en présence des deux hommes. Elle ne parlait qu'anglais. Les deux « princes » portaient la keffia traditionnelle du Moyen-Orient, c'est-à-dire le tissu à damier noir et blanc, avec un cordon noir autour de la tête.

L'un d'eux, petit, plutôt gras, avec une moustache. L'autre plus grand, maigre avec une barbe en collier. Tous deux s'exprimaient en un français hésitant, teinté de l'inimitable accent anglo-arabe. Celui qui avait l'air le plus vieux, et le plus autoritaire aussi, sembla parler pour les autres. Il voulait voir des bagues, et dit avec la plus grande simplicité, comme s'il était dans un bazar :

« Faites-moi voir tout ce que vous avez comme bagues. Je veux quelque chose de bien. »

Le sous-directeur, habitué à ces nouveaux clients du Moyen-Orient, s'abstint de demander comme d'habitude : « Jusqu'à quel prix voulez-vous aller ? » Ce n'était pas la peine, avec ce genre de clients. D'emblée, il montra ce qu'il avait de plus beau : des bagues montées à l'ancienne, avec des diamants, des émeraudes, et des rubis.

Chaque bague fut présentée avec cette sorte de cérémonial discret, fait de gestes toujours les mêmes, et cette sobriété de langage qui fait partie de l'atmosphère d'un grand joaillier, car on ne vend pas un bijou d'un million de francs lourds comme un aspirateur. On ne le vante pas. On le montre, avec un mélange de retenue et de solennité.

Pendant trois quarts d'heure, les deux « princes arabes » se sont donc fait montrer des bagues dont la moindre valait le prix d'une villa sur la Côte d'Azur. Derrière eux, la vieille femme, hiératique, ne disait rien. De temps en temps, ils lui montraient un bijou. Sous l'œil attentif du sous-directeur qui leur tendait les bagues une par une, sans les quitter du regard.

Finalement, le plus âgé des deux hommes, le grand maigre barbu, lui a dit : « Ma mère n'est pas décidée pour l'instant. Je vous remercie. Nous reviendrons. »

Et les trois Arabes sont sortis du magasin, la vieille femme en dernier. Leur petite caravane, assez démocratiquement, a emprunté le passage clouté et suivi un instant le trottoir d'en face.

C'est alors que le portier du grand bijoutier, qui les avait suivis des yeux, sentit ses cheveux se hérisser sous sa casquette : mû par un réflexe, il s'est précipité dans le magasin et a demandé au sous-directeur :

« Excusez-moi, monsieur, mais... les trois Arabes qui viennent de sortir ? Les deux hommes et la femme ?...

— Oui, et bien quoi ?

— Vous savez qui c'est ?...

— Pourquoi, vous les connaissez ?...

— Non, mais... Je veux dire : ils vous ont dit qui ils étaient ? »

Le sous-directeur, agacé, coupe court :

« Ce sont deux émirs ! De je ne sais plus quel émirat ! Enfin, des cousins de celui du Koweit, il me semble ! Mais pourquoi ?

— Et bien, parce que... Je viens de les voir partir à vélomoteur ! »

Le sang du sous-directeur ne fait qu'un tour : il fait rouvrir tous les écrins et catastrophe ! Il manque la bague la plus belle. Une émeraude rectangulaire, entourée de diamants ! Une bagatelle de deux millions de francs lourds !

Chacun se met à courir, mais les vélomoteurs sont déjà loin. C'est à ce moment qu'une camionnette de la police arrive au coin de la rue, passant là par hasard ! Le portier se précipite, les agents le font monter. Et la camionnette vire sur les chapeaux de roues, faisant marcher sa sirène, tandis que le pauvre homme explique ce qui s'est passé.

Tout à coup, il s'égosille : « Là ! Au feu rouge du boulevard de la Madeleine ! Les deux vélomoteurs, à droite ! Arrêtez la sirène, ils vont comprendre ! Ah ! trop tard. Ils se séparent. »

Effectivement, les deux Arabes en djellaba, sans la vieille femme qui a dû s'éclipser à pied, viennent de démarrer au feu vert chacun de leur côté : c'est une vieille technique des voleurs à la tire, pour diviser les poursuivants. L'un a tourné à droite, l'autre continue tout droit, sur le boulevard : le conducteur du car de police, un fourgon qui n'est pas fait pour la poursuite, choisit bien entendu de foncer derrière le vélomoteur qui continue tout droit : car c'est le plus facile à rattraper ! Mais même sur un boulevard en ligne droite, il n'est pas facile, avec une camionnette, de rattraper un vélomoteur : la chance aide pourtant le conducteur, il n'y a pas de voiture avant le prochain feu. Il lance son véhicule à plein régime, double le vélomoteur sur lequel le « prince arabe » est courbé, djellaba relevée sur les genoux, et lui fait une spectaculaire queue de poisson ! On entend un bruit sourd, et le « prince arabe », après avoir heurté la tôle du fourgon, roule dans le caniveau.

Une heure plus tard, au commissariat du quatrième arrondissement, il faut se rendre à l'évidence : le conducteur de la fourgonnette de police s'est laissé prendre à la plus vieille astuce des voleurs à la tire. L'un des voleurs, celui qui a continué tout droit, l'a fait exprès pour attirer les poursuivants pour permettre à l'autre, le porteur de la bague, de disparaître de son côté... Quant à la vieille femme, elle s'est éclipsée à pied dès le début, sans doute.

Résultat : l'un des plus grands joailliers français, de renommée mondiale, vient de se faire voler une bague de deux cents millions de centimes par un trio de vulgaires voleurs à la tire !

C'est désormais l'affaire de la police judiciaire, et d'Interpol. Et c'est à partir de là que commence une guerre sanglante, qui va promener les policiers de cadavre en cadavre.

La guerre commence, à partir de ce 26 mai 1969, entre les familles, si l'on peut dire, des deux vélomoteurs. Celui qui a continué tout droit était monté par un certain Ben Slaoui, qui est très vite identifié. Assommé seulement dans sa chute contre le car de police, il a été fouillé aussitôt, mais sans succès.

Djilali Ben Slaoui, quarante-deux ans, est un Nord-Africain repéré, dans le quartier de la Goutte-d'Or, comme un vulgaire voleur à la tire. Il fait partie d'une famille, plus exactement d'un clan, presque une tribu, celle des Ben Slaoui. Certains vivent dans des bidonvilles de la banlieue parisienne. D'autres sont dans le

Midi. L'enquête est confiée à l'officier de police Daoudi, de la direction de la PJ, choisi pour sa connaissance particulière des milieux nord-africains.

L'inspecteur Daoudi apprend très vite, par ses indicateurs, que la « tribu » des Ben Slaoui a des ramifications jusque dans les milieux immigrés d'Allemagne fédérale.

Bien entendu, il fait surveiller les aéroports, les frontières, et en quarante-huit heures, des rafles sont organisées dans la banlieue parisienne. Mais l'inspecteur Daoudi ne croit pas que la bague volée soit en possession d'un membre du clan Slaoui. Car il a réussi à identifier l'autre fuyard à vélomoteur : il s'agit d'un membre d'une autre famille, les Ben Aomar, qui vivent dans des roulottes et, eux aussi, dans des bidonvilles de banlieue.

Hajjaj Ben Aomar, celui qui a emporté la bague, n'a jamais été condamné. Mais les indicateurs le signalent, lui aussi, comme faisant partie d'un clan de voleurs à la tire, dirigé par sa propre mère, une vieille femme nommée Hadidja.

L'inspecteur Daoudi a l'intuition qu'il s'agit de la fausse princesse qui accompagnait les deux faux princes arabes chez le bijoutier de la rue de la Paix. D'ailleurs, elle a disparu de la roulotte où elle vivait. C'est sans doute elle qui a appris à ses deux élèves, dont son fils aîné, la manière de se présenter comme des émirs du Moyen-Orient ! Elle avait sûrement tout prévu, y compris le coup du vélomoteur qui se fait rattraper. Et comme c'est son propre fils, qui est parti en emportant la bague, elle a dû prévoir une cachette : mais où ?

Des avis de recherche sont envoyés partout, concernant Hajjaj Ben Aomar et sa mère Hadidja. Parallèlement, en France et en Allemagne fédérale, quiconque touche de près ou de loin à l'un des clans est surveillé. Dans son esprit, l'inspecteur Daoudi a opéré un classement simple : d'un côté, il y a le clan du « vélomoteur Ben Slaoui », celui qui s'est fait arrêter volontairement, pour que son complice emporte la bague... De l'autre côté, il y a le clan du « vélomoteur Ben Aomar », celui qui s'est enfui avec la bague.

Ben Slaoui étant en prison, il va falloir que le partage se fasse avec un autre membre de son clan. Encore faudra-t-il que la bague soit revendue à un receleur, ce qui n'est pas facile. Une émeraude énorme entourée de diamants ne se revend pas comme une montre volée.

C'est alors qu'un premier cadavre est signalé : dans un bidonville du Havre, le fuyard au vélomoteur est retrouvé égorgé. Et les témoins accusent le propre frère de Ben Slaoui, l'homme qui est en prison.

C'est clair. Le complice du vol a trahi. Il n'était pas en mesure de montrer le bijou et sa mort est un règlement de compte. Ce n'est d'ailleurs qu'un début, car une semaine plus tard, trois autres membres du même clan sont retrouvés égorgés, flottant dans le bassin du port de Gennevilliers.

Manifestement, la bague de deux cents millions, est du côté des Ben Aomar, qui ne veulent pas la rendre. Et l'autre clan leur a déclaré la guerre !

Dans les semaines qui suivent, c'est une véritable vendetta qui se poursuit entre les deux bandes. Ici et là, à Paris, à Marseille, à Toulouse et même à Francfort, dans les milieux nord-africains, les cadavres s'accumulent.

Ce sont tour à tour des Ben Slaoui ou des Ben Aomar que l'on retrouve égorgés ou éventrés dans des terrains vagues. Le Diable sait maintenant de quel côté est passée la bague. L'enquête est loin des deux fuyards à vélomoteur ! Les deux tribus sont en guerre, et le bijoutier de la rue de la Paix ne reverra pas de sitôt son émeraude entourée de diamants, et montée sur platine.

Pourtant, cette vendetta entre les deux clans ne fait pas oublier à l'inspecteur Daoudi celle qui selon lui reste le personnage principal : la vieille Hadidja, la propre mère du voleur qui a été tué, la « directrice », d'après les indicateurs, d'une véritable école de voleurs à la tire !

Contrairement à ce que l'on pourrait croire, il arrive en milieu arabe qu'une femme soit écoutée et respectée, lorsqu'elle est vieille et pleine de « sagesse ». Notamment dans ce cas, et l'inspecteur Daoudi le sait.

Elle a dû former deux ou trois générations de jeunes voleurs des deux clans, qui sont maintenant devenus des adultes. Et qui, d'une certaine façon, dans ce milieu particulier, la respectent comme une « mère »... Au sens de ces « mères » lyonnaises, qui transmettent des traditions !... Autrement dit, si la guerre doit s'arrêter entre les deux clans, ce sera sous l'autorité de cette vieille femme. Où qu'elle se trouve, elle fera office de « juge de paix ». Si le bijou doit finir par être confié à quelqu'un accepté par les deux tribus, il y a des chances pour que ce soit elle ! Malgré la mort de son fils. D'ailleurs, si celui-ci est mort, c'est peut-être bien, tout simplement, parce qu'il lui a confié la bague, sans l'avouer aux autres.

Mais toutes les recherches pour retrouver la vieille Algérienne demeurent vaines, alors qu'elle se trouve sûrement quelque part en France ! De plus en plus persuadé que là où se trouve la vieille Hadidja, la bague n'est pas loin, l'inspecteur Daoudi fait intensifier les recherches la concernant. Dans tous les quartiers nord-africains des grandes villes de France, les gendarmes font des contrôles, les indicateurs sont sur le « qui-vive » : il faut retrouver Hadidja ! D'autant plus que la compagnie d'assurances offre une prime de dix millions de centimes à qui permettra de retrouver la bague, qui en vaut deux cents !

C'est seulement un mois après le vol que les gendarmes de l'Ain signalent à tout hasard un fait sans importance : une vieille femme arabe a été emprisonnée pour un mois, il y a de cela plusieurs jours.

L'inspecteur Daoudi, en voyant sa fiche, fronce les sourcils : comme par hasard, cette femme s'est fait arrêter dans l'Ain le lendemain du vol chez le bijoutier de la rue de la Paix. Ce pourrait être l'astuce trouvée par la vieille Hadidja pour se cacher. Mû par une soudaine intuition, l'inspecteur téléphone à la maison d'arrêt du département, et sans même avoir besoin d'envoyer le dossier, en entendant le signalement, il comprend. La vieille maligne s'est fait emprisonner pour un vol de légumes. Où pouvait-elle se trouver à l'abri de la guerre entre les deux clans, celui de son fils et celui des Slaoui ? Quel était le dernier endroit où les policiers eux-mêmes ne la chercheraient pas ? En prison.

Ainsi, pendant que les autres s'entretuaient jusqu'en Allemagne fédérale, elle était là, bien tranquillement, dans une cellule pour un mois. Libérée il y a deux jours, elle a de nouveau disparu dans la nature ! L'inspecteur l'a ratée de quarante-huit heures. Et une idée le tracasse. C'est avec le sentiment de connaître la réponse qu'il demande par téléphone au directeur de la prison :

« Pourriez-vous me communiquer la liste des

objets que cette vieille femme avait déposés au greffe ? »

Un instant plus tard, il a le greffier en ligne, qui répond :

« Pas grand-chose. Un cabas, un porte-monnaie avec vingt-trois francs, une broche arabe en fer blanc, et une bague de pacotille. »

L'inspecteur Daoudi demande, après un petit silence :

« Comment était-elle cette bague ? »

A l'autre bout du téléphone, la voix du greffier répond avec désinvolture :

« Oh ! le genre de grosse bague d'assez mauvais goût, vous voyez ce que je veux dire... Du toc !... Avec une pierre verte, énorme, et des imitations de diamants autour. A part ça, je ne vois rien d'autre, pourquoi ? Qu'est-ce que vous cherchez exactement ?

— Oh ! rien, rien... dit l'inspecteur démoralisé. Rien... c'était juste une vérification... »

Ainsi, la vieille Hadidja avait tranquillement confié la bague de deux cents millions au greffe d'une petite prison de province. Bien évidemment, elle avait prévu tout cela depuis le début : son fils avait pour rôle de s'enfuir avec le bijou, le complice devant se faire rattraper pour le protéger. Après quoi, le fils respectueux devait rapporter la bague à maman qui disparaissait ensuite en prison tranquillement et confiait son butin au greffe pour un mois. Cachette aussi sûre que la meilleure des banques suisses.

Le greffier d'une maison départementale ne peut pas penser qu'une vieille femme arabe arrêtée pour un vol de légumes lui confie pour un mois un bijou de deux cents millions. C'était pourtant la meilleure solution pour garder le bijou et ne pas se faire tuer.

Le plus extraordinaire est que jamais, depuis 1969, la police n'a retrouvé la vieille Hadidja. Il est peu probable qu'elle ait pu sortir des frontières de France. A moins que clandestinement, depuis Marseille, elle se soit embarquée sur un cargo pour l'Algérie.

Mais les policiers font une autre supposition : celle que le clan adverse a retrouvé Hadidja, et que son cadavre est enterré quelque part. Sans la bague de la rue de la Paix, que l'on ne reverra probablement jamais. Car les règlements de compte ont cessé entre Ben Aomar et Ben Slaoui, ce qui normalement confirme l'hypothèse.

LE SUICIDEUR

CE petit monsieur qui s'envole de l'aéroport de La Guardia à New York, le 7 décembre, est un malfaiteur international. International est un grand mot qui lui convient, et malfaiteur un petit mot, qui lui convient tout autant, car ce n'est qu'un spécialiste en faux, grivèleries, et escroqueries de moyenne envergure...

Sans que personne ne sache où il a décroché un nom pareil, il s'appelle Rousslan Wladimir...

Rousslan Wladimir atterrit en Angleterre, où Interpol U.S.A. a transmis sa fiche, avec la mention « A surveiller »... Ce genre de malfaiteur débarquant dans un pays est toujours un point d'interrogation... Que vient-il faire ?

Le malfaiteur est marié et père de deux enfants. C'est un petit homme pas très intelligent, qui zozote légèrement et malgré son nom slave ferait plutôt songer à une origine levantine, par exemple syrienne ou libanaise. Il a le teint mat, les cheveux noirs, abondants et épais, des yeux également noirs à la prunelle légèrement jaunâtre et facilement injectée de sang. Rousslan est cependant très beau. Les traits sont fins, réguliers, le nez droit. Il regarde les choses et les gens avec un sourire mélancolique et désabusé du plus grand charme. Son dossier au siège d'Interpol comporte également deux histoires d'assassinat. Mais la police ne l'a chargé d'aucune responsabilité.

La première fois, Rousslan n'était que témoin, et la seconde fois, il s'était contenté d'abriter l'assassin. Cette gentillesse ne lui valut qu'une condamnation pour non-dénonciation de malfaiteur... Rousslan Wladimir, et son dossier, sont donc surveillés du coin de l'œil en Angleterre.

Deux mois plus tard, le 16 février, à l'aube. Au croisement de deux routes peu fréquentées et à proximité d'une petite ville des environs de Londres, un jeune boucher encore endormi se rend à son travail en bicyclette sous une pluie battante. Tout à coup, le jeune boucher freine si fort qu'il dérape, tombe de côté, se relève et, reprenant ses esprits, constate qu'il s'agit probablement d'un cadavre. La pluie semble avoir dilué du sang qui s'étale en une énorme flaque poisseuse jusqu'au bas-côté de la route. Le garçon en reste coi quelques secondes, puis saute à nouveau sur sa bicyclette pour s'en aller raconter l'aventure à son patron. Ce dernier, sûr que le gamin affabule, saute en voiture pour aller vérifier. Mais il doit bien se rendre à l'évidence, il y a bien un cadavre au croisement des deux routes : celui d'un homme d'environ trente-cinq ans, vêtu d'un pardessus en poil de chameau. Le boucher appelle donc la police, et sous une pluie toujours battante, un jeune policier en ciré ruisselant arrive le premier sur les lieux du crime. Au bout d'une demi-heure cette fois ce sont les inspecteurs de Scotland Yard, la police criminelle, qui font leur apparition tandis que la circulation dense est déviée sur le bas-côté.

Le superintendant Peter Hodget, grand homme maigre et distingué, un fume-cigarette planté sous sa moustache rousse, fait faire quelques photos puis retourne le cadavre. L'homme a été tué de deux balles de revolver, apparemment tirées en plein cœur.

Toutefois, un détail frappe Hodget : le pardessus en poil de chameau, qui est déboutonné, n'a pas été transpercé par les balles. Il était donc ouvert au moment où les coups de feu ont été tirés. Le corps ne porte aucune autre blessure ou trace d'une lutte quelconque.

Devant un journaliste qui lui pose des questions, Hodget réfléchit à haute voix, en montrant les arbres qui bordent la route un peu plus loin :

« Il y a là-dedans quelque chose de bizarre. Normalement, un rôdeur aurait guetté sous les arbres. Or, à mon avis, l'assassin et la victime devaient parler ensemble. Mais même s'ils parlaient ensemble, je ne comprends pas pourquoi l'agresseur n'a pas attendu d'être sous les arbres pour tirer. Certains auraient même traîné le cadavre sous les arbres. Histoire de gagner du temps. C'est bizarre... extrêmement bizarre. »

Il ne faut que quelques instants au médecin légiste pour être en mesure de dresser un premier rapport :

« La mort de l'homme a dû être quasi instantanée, elle remonte à quatre ou cinq heures.

— Pourtant, au cours de la nuit, il a bien dû passer quelques voitures, remarque le superintendant.

— Je suis formel, réplique le médecin. Aucune voiture n'est passée sur le cadavre. »

En réfléchissant, le policier hoche la tête. Il est vrai que le carrefour oblige les voitures à ralentir. Elles ont donc pu facilement l'éviter. Mais il est étonnant que personne n'ait signalé la présence de ce cadavre avant l'aube.

Le superintendant se penche une dernière fois sur le corps, sort d'une poche intérieure un portefeuille qu'il abrite de la pluie sous son propre imperméable, puis laisse les brancardiers emporter la civière.

Mais au moment de partir lui-même, le superintendant ramasse une petite bague sur la route. Un indice, peut-être le seul. A présent, il lui faut aller voir la famille de la victime.

Au bout d'une pelouse plate et verte, dans une villa cossue, de style anglo-normand, au fond d'un boudoir rose bonbon, dans le creux d'un fauteuil, une femme d'une beauté charnelle presque vulgaire répond aux questions du superintendant d'un air faussement distingué.

« Il faut voir surtout ce Rousslan Wladimir, monsieur le superintendant. Cet homme ne me plaît pas du tout. Je l'avais dit à mon mari. Mais rien à faire, depuis trois semaines, ils étaient comme cul et chemise. Oh ! pardon. Je voulais dire que depuis trois semaines, ils ne se quittaient pas... »

Et Lady Feach, femme légitime de la victime Peter Feach... sort un mouchoir de fine batiste pour le tremper dans ses larmes de crocodile.

A l'hôtel où il réside depuis son arrivée en Angleterre, le dénommé Rousslan Wladimir est donc le premier interrogé par le superintendant Peter Hodget et ce avec peu de précautions, vu la qualité de l'individu. Le fume-cigarette du policier pointe agressivement vers le front du petit homme zozotant dont le fin visage exprime un étonnement sans bornes en apprenant la mort de son ami Peter Feach. Mais le superintendant ne le laisse pas zozoter inutilement :

« Depuis quand connaissez-vous Peter Feach ?

— Je l'ai rencontré dans un pub, il y a un mois, nous avons tout de suite sympathisé.

— Pourquoi êtes-vous en Angleterre ?

— Ma femme et moi, nous nous entendons mal. Nous avions décidé de nous séparer quelque temps. Je pensais monter ici une agence de voyage en association avec des amis américains. Au début, j'ai vécu de mes économies. Depuis quelque temps, Peter m'aidait à mettre sur pied mon agence.

— Quand l'avez-vous vu pour la dernière fois ?

— Hier après-midi, nous nous sommes quittés vers dix-neuf heures trente.

— Qu'est-ce que vous avez fait hier soir ?

— Je suis allé au cinéma.

— Quel film ?

— Je crois que le titre du film c'était *Jack Slade*.

— On vous y a vu ?

— J'ai rencontré une jeune fille que je ne connaissais pas, et ma foi, je lui ai fait la cour.

— Vous pouvez me donner son nom ?

— Son prénom seulement : Linda.

— Vous pouvez me raconter le film ?

— Je veux bien essayer, mais ce sera plutôt décousu. En fait, je ne l'ai pas regardé du tout. Je n'ai rien compris, je m'occupais surtout de Linda. »

Le lendemain, deux policiers en civil viennent chercher Rousslan Wladimir dans sa chambre d'hôtel pour le conduire dans les locaux de Scotland Yard. Là, il est introduit dans une pièce blanche, étroite, inondée de lumière, où sept hommes, bruns et de même stature que lui, sont déjà alignés. Un des policiers lui demande de se placer où il veut dans cette file. Puis entre un client du pub où Peter Feach a passé sa dernière soirée. Après quelques secondes d'hésitation seulement, le client désigne l'un des dix hommes :

« C'est lui.

— C'est lui », dira aussi le barman quelques instants plus tard en désignant le même homme.

Et lui, c'est Rousslan Wladimir. Le client et le barman affirment qu'il a passé la soirée avec Peter Feach.

« C'est bon, déclare quelques instants plus tard le petit homme en zozotant, c'est vrai, je ne vous ai pas dit la vérité.

« Maintenant, je vais vous la dire. J'ai passé la soirée avec Peter et quand nous sommes sortis du pub, deux hommes armés nous attendaient sur le trottoir. Ils nous ont obligés à monter dans une voiture. Au carrefour des deux routes ils ont fait descendre Peter. L'un des hommes l'a suivi et j'ai entendu deux coups de feu. Quand l'assassin est remonté dans la voiture, ils m'ont dit que si je parlais, je serais descendu. Ils m'ont lâché dans la campagne à quelques kilomètres de là. »

Le superintendant plante une cigarette dans son fume-cigarette et l'allume, comme s'il réfléchissait, comme s'il n'était pas pressé, comme si cette histoire, après tout, en valait bien une autre. Puis, il se retourne brusquement vers le petit homme qui se tasse un peu plus sur sa chaise.

« Allons-y ! Voyons cette histoire point par point. Les armes, c'était quoi ? Des revolvers ou des pistolets ? Des gros ou des petits calibres ? Les hommes, ils étaient trempés ou secs ? Grands ou minus ? Il pleuvait ou pas ? La marque de la voiture, c'était quoi ? Le changement de vitesse était au plancher ? Vous étiez assis derrière ? Qui est-ce qui est monté le premier ? etc. »

A ce rythme et au bout de quatre heures, il ne reste rien de l'histoire du malheureux Rousslan Wladimir. Hagard, épuisé, il renonce enfin :

« N'insistez plus. C'est moi qui ai tué Peter. Je l'ai tué de deux coups de revolver. »

Le superintendant croit qu'il en a terminé, qu'il vient de mettre le point final à son enquête ; il s'assoit et demande au téléphone un greffier pour enregistrer ses aveux complets. Il ne se doute pas que le petit homme vaincu lui réserve une surprise de taille, et, au lieu de s'achever, la véritable enquête commence.

Le greffier s'installe sur un coin de table :

« Nom... Prénom... Adresse... Date de naissance... »

Tac, tac, tac, fait la machine à écrire.

« Vous reconnaissez avoir tué, etc.

Tac, tac, tac, fait la machine à écrire.

« Voulez-vous faire le récit détaillé du meurtre ? »

Comme s'il n'attendait que cela, le suspect se jette dans son texte.

« Peter Feach est un homme riche et respectable, moi, je suis un pauvre type, qui tire sans arrêt le diable par la queue. Ce qui nous a réunis, Peter Feach et moi, c'est que nous sommes très malheureux en ménage. Comme moi, il aime sa femme, et comme moi, sa femme le rend très malheureux. Lorsque nous sommes devenus amis, plusieurs fois il m'a demandé, d'abord insidieusement, et puis de plus en plus ouvertement, si je pourrais lui rendre le service de tuer un des amants de sa femme. Bien entendu, j'ai refusé. Alors, il m'a dit que si j'acceptais un jour de tuer la personne qu'il me désignerait, il me donnerait 5 000 livres. Je ne dis ni oui ni non, mais j'étais bien décidé à refuser. Cela dit, 5 000 livres m'auraient bougrement aidé. Cela m'aurait permis d'envoyer de l'argent à ma femme et aux gosses qui tirent la langue à Frisco.

« L'autre soir, au pub, il m'a dit qu'il était plus malheureux que jamais. Et c'est vrai qu'il faisait pitié. Il se tenait la tête dans les mains, il gémissait, il avait l'air de souffrir le martyre. Je ne savais pas quoi faire pour le consoler. D'autant que j'étais moi-même très abattu ; pour me remettre à flot j'avais essayé deux trois trucs qui n'avaient pas réussi et ma femme venait de m'écrire que si je ne lui envoyais pas immédiatement de l'argent, elle demandait le divorce.

« Vous savez ce que c'est. Dans ces cas-là, on a tendance à boire. Aussi, lorsque nous sommes sortis du pub, nous n'étions pas très frais ni l'un ni l'autre. L'alcool n'avait pas consolé Peter, au contraire. Il répétait sans arrêt : « Je souffre. Je souffre trop, c'est dans mon caractère, ça sera comme ça toute la vie. On achève bien les malades incurables, pourquoi on n'achève pas les gens comme moi. »

« Après avoir marché pendant un quart d'heure, nous sommes arrivés au carrefour des routes. Brusquement, Peter s'est arrêté. Il a sorti un revolver de sa poche et me l'a tendu. Bêtement, je l'ai pris. Il ne pleuvait pas encore. Il a ouvert son manteau en me montrant sa poitrine et m'a dit : « L'homme qu'il faut tuer « pour toucher 5 000 livres, c'est moi ! »

« Comme je le regardais sans bouger, il a crié : « Tire, Rousslan, mais tire donc, bon « sang ! Et nous nous reverrons au ciel, là-haut « il n'y a pas de femmes ! »

« J'ai tiré une première fois, sans bien réaliser ce que je faisais, en lui disant : « Adieu, mon

« ami, nous nous reverrons. » Puis j'ai tiré une seconde balle en pensant que ma femme me forçait à faire ce geste. J'espérais qu'elle comprendrait un jour que c'était une preuve d'amour. Voilà, murmure Rousslan, je vous ai tout dit. »

Dans le bureau du superintendant, il est à ce moment une heure trente, et un grand silence règne. Puis on entend un petit bruit. C'est le superintendant qui vient de laisser tomber son fume-cigarette. Il est tout aussi surpris que le greffier. Qu'espère donc ce petit bonhomme ? Sauver sa tête avec une version aussi romantique du meurtre ? Possible.

Les étranges aveux du dénommé Rousslan Wladimir affirmant qu'il a tué Peter Feach sur ordre de celui-ci ne trouveraient pas grand écho dans la presse et l'opinion publique si un défenseur inattendu et puissant ne se dressait pour défendre le petit homme.

Sa femme étant dans l'impossibilité de réunir assez d'argent pour s'assurer le concours d'un avocat, l'homme de l'art est donc désigné d'office. Et il fait une découverte de taille en constatant que la victime avait souscrit une assurance-vie de 200 000 livres !

Dans ces conditions, les compagnies d'assurances n'ont-elles pas intérêt à prouver la véracité des aveux de Rousslan ? Car, si Rousslan ne ment pas, la mort de Peter Feach devient un suicide, la victime un vulgaire escroc à l'assurance et les compagnies d'assurances n'ont plus à verser d'argent à la veuve. Car elles ne garantissent pas le suicide.

C'est ainsi que deux enquêtes se poursuivent simultanément : celle du superintendant Peter Hodget pour infirmer les aveux de Rousslan Wladimir et celle du détective du groupement des compagnies d'assurances pour les confirmer.

A quelques jours d'intervalle, le juge des mises en accusation entend donc les deux thèses opposées. D'abord, celle du superintendant : assis devant son bureau les jambes croisées, décontracté et légèrement sardonique.

« Un vulgaire crime crapuleux, ne croyez-vous pas, Votre Honneur ? D'abord le cadavre a été retourné sur le dos, sans doute dans l'intention de vider ses poches, c'est comme cela que s'explique la présence de cette petite bague près du cadavre. Elle a dû tomber. Rousslan Wladimir prétend que la victime lui a demandé de le tuer parce qu'il était malheureux, ce motif vous paraît-il déterminant, Votre Honneur ? Si sa femme le rendait malheureux, pourquoi ne pas la quitter tout simplement, ou demander le divorce ? D'ailleurs, j'ai entendu des témoins affirmer que le ménage Feach était harmonieux et que sa situation financière n'était pas telle qu'elle l'eût poussé au suicide. Sa propriété valait 35 000 livres et il n'avait que 15 000 livres de dettes. De plus, il possédait de l'argent liquide puisque, peu avant sa mort, sa femme l'a vu compter 3 000 livres en liasses. D'autre part, Peter était jeune, en parfaite santé, et il laisse pas mal d'argent à sa femme dans son testament. Votre Honneur pense-t-il qu'il eût testé en sa faveur si elle l'avait rendu malheureux ? Enfin je crois volontiers ce barman et le client du pub qui m'ont rapporté que, ce soir-là, Peter avait l'air gai et détendu, et Rousslan extrêmement nerveux, plutôt que le suspect qui nous a menti à plusieurs reprises. »

Le détective des compagnies d'assurances lui, est un « battant », en terme de boxe. Il marche de long en large et se plante devant le bureau du juge, les poings sur les hanches :

« Votre Honneur, je n'ai pas besoin de vous faire remarquer la gravité du différend qui m'oppose à la police officielle. Selon elle, Rousslan, étant un criminel crapuleux, risque la peine de mort. Selon moi, il bénéficie de larges circonstances atténuantes. L'examen de la situation financière de Peter Feach m'a en effet conduit à penser qu'il faut accepter sa déclaration. D'abord, si la propriété de Peter n'est pas entièrement hypothéquée, les clauses du testament de son père l'obligeaient à la vendre à son frère et, celui-ci, bien sûr, n'aurait accepté qu'un prix modique. Donc, Peter ne pouvait plus en tirer un centime.

« Ensuite, savez-vous qu'il avait vendu son

mobilier et que les déménageurs sont venus le chercher hier ? Savez-vous, Votre Honneur, que de ses deux comptes en banque l'un est à sec, et que sur l'autre il reste 15 livres ? Il lui était donc impossible de payer les primes d'assurances. Le seul moyen de ne pas perdre l'argent qu'il avait ainsi investi était bel et bien de mourir. Il est clair que si Peter s'est lié aussi étroitement avec ce Rousslan médiocre et crapuleux, c'est qu'il y voyait un intérêt quelconque. Je suis convaincu que dès leur première fréquentation Peter a voulu familiariser Rousslan avec l'idée qu'il lui demanderait un jour le service de le suicider.

« En ce qui concerne le ménage de Peter Feach, personne ne peut ignorer que la famille s'était opposée à ce mariage qu'elle considérait comme une mésalliance, Mme Feach étant d'un niveau nettement inférieur à celui de son mari. Et la famille continuait à manifester son hostilité et refusait de lui venir en aide. Si aujourd'hui cette femme prétend qu'elle a vu son époux compter des liasses de 3 000 livres, elle ment. Manifestement pour toucher la prime d'assurances car il est prouvé qu'il n'avait plus un sou. Un exemple : sa voiture a paraît-il été volée au mois de janvier. Il nous a pressés de la lui rembourser rapidement pour s'en acheter une autre. Or, nous lui avons versé l'argent et il n'a rien acheté du tout : il s'est contenté d'emprunter celle de sa sœur. A la lumière de ces faits, vous penserez comme moi, Votre Honneur, qu'il y a lieu d'accepter le terme des aveux de Rousslan Wladimir. »

Il est probable que si la défense se basait sur l'enquête du détective des assurances, elle ferait faire à celles-ci 200 000 livres d'économies, et sauverait la tête de Rousslan. Et cette version serait probablement adoptée par le juge des mises en accusation si le superintendant Peter Hodget n'avait recours à Interpol, qui lui-même a recours au F.B.I. pour une enquête approfondie aux U.S.A.

Or, le F.B.I. met la main sur une lettre que l'accusé a fait parvenir clandestinement à sa femme et dans laquelle il déclare que c'est pour elle qu'il a tué. Il explique que ce crime a été une épreuve pénible, mais à aucun moment il ne fait allusion à l'idée d'un crime sur commandement de la victime ni même sur le consentement de celle-ci.

Cette lettre qui n'est pas une preuve et ne pourra pas être lue au procès est cependant présente à l'esprit du jury de douze hommes qui doit décider de la culpabilité ou de la non-culpabilité de Rousslan Wladimir. Devant cette menace, la défense, appuyée par les assurances, a engagé le plus grand avocat de Londres. Mais le juge, une personnalité imposante, qui n'aime pas les discussions académiques, domine les débats de son solide bon sens. C'est un magistrat peu orthodoxe, un de ces originaux du monde de la justice qui laissent peu de moyens à la défense. Par exemple :

« Madame, depuis quand travaillez-vous ? demande l'avocat de la défense à la veuve de Peter Feach.

— Depuis l'âge de seize ans.

— Où ?

— Dans des night-clubs.

— Où avez-vous connu votre mari ?

— Dans un night-club.

— Y avait-il des prostituées dans ce club ? »

Le juge intervient :

« Maître, je ne vois pas le rapport que vos questions ont avec l'homicide dont nous débattons !

— Mais je veux montrer que Feach avait peut-être des raisons de se plaindre de la conduite ultérieure de sa femme.

— Ça ne nous intéresse pas et si vous essayez de diffamer le témoin nous ferons lire ici même la liste des antécédents judiciaires qu'Interpol a communiquée concernant l'accusé. Les jurés pourront constater que son casier judiciaire n'est pas vierge. »

Le défenseur, vaincu sur ce point, demande au juge qu'il exige des services du Trésor de présenter la déclaration d'impôts sur le revenu de Peter Feach, pour prouver qu'il se débattait dans une situation financière sans issue, le juge réplique :

« On ne traite pas une affaire d'argent, mais un procès pour meurtre. Je refuse ce moyen de preuve. »

Enfin, après certaines déclarations de l'accusé, le juge riposte en riant :

« Dois-je vraiment prendre votre réponse au sérieux ? Tâchez donc d'en trouver une meilleure. »

Moyennant quoi, le dénommé Rousslan Wladimir sera pendu haut et court. Comme quoi les petits malfaiteurs internationaux de son genre devraient se contenter de ce qu'ils sont. Des minables. Car il vaut mieux être minable que pendu.

L'APPRENTI FLIC

SOUS prétexte qu'il a choisi le retour aux sources, Tony grelotte au mois de décembre 1970 sur une plage de Grèce. Il a vingt ans et porte l'uniforme réglementaire du hippy : une longue chemise de cotonnade hindoue sur un jean tellement usé qu'il en est transparent. Une barbe fournie entoure son petit visage comme une fourrure, mais la chevelure, qui descend jusqu'à sa poitrine, est trop maigre pour lui tenir lieu d'anorak. Cherchant l'abri du vent, il escalade une petite dune, et atterrit sur un cadavre. Instinctivement, et tout hippy qu'il soit, Tony implore le Ciel : « Jésus Marie, protégez-moi ! »...

Décidément, Tony regrette d'être venu en Europe. Le soleil est là, mais derrière une épaisse couche de nuages, et n'a rien à voir avec les plages du sud de la Californie. La mer

Égée moutonne dans le verdâtre et le sable est froid comme la neige. Tony ne manque pas d'argent. Et, chose extraordinaire pour un hippy, ce n'est pas l'argent de son père mais celui qu'il a gagné en travaillant. Hier, il aurait dû, comme il a failli le faire, prendre le premier avion pour des cieux plus cléments.

A présent, son départ risque de se trouver compromis. S'il avertit les autorités de la découverte qu'il vient de faire, s'il va tout raconter à la police, on le retiendra sûrement pour l'interroger. Le genre hippy n'est guère apprécié des polices européennes. La preuve en est que depuis trois semaines qu'il est en Europe, Tony a déjà été fouillé dix-sept fois, pour vérifier qu'il ne cachait pas de drogue. Tony est indécis devant son cadavre. Il n'est ni un irresponsable ni un idiot, il s'agit bien d'un crime et si le coupable n'est pas rapidement découvert, il risque d'être accusé du meurtre. La Grèce a-t-elle au moins supprimé la peine de mort, se demande-t-il.

Mais le sens civique a des limites, et au plus fort de ses réflexions, comme malgré lui, ses pieds s'éloignent du cadavre, et lui avec. A une distance d'environ 50 mètres, il se retourne. Deux traces de pas bien nettes indiquent le chemin qu'il a pris, aller et retour jusqu'au cadavre. On saura qu'il est venu dormir sur cette plage. Il lui faudra admettre qu'il a vu le cadavre. Ce sera une véritable condamnation. Alors, au lieu de se précipiter à l'aéroport,

Tony court au commissariat central d'Athènes.

Un tout jeune policier assiste le grand patron chargé de l'enquête. Malgré la petite moustache, le costume sombre, la cravate stricte et tous les efforts qu'il fait pour avoir l'air d'un policier sérieux, tout le monde le traite comme un gamin. Il est vrai qu'Ilias Imbros, malgré son application, a toujours l'air de se moquer du monde, que ses petits yeux noirs se plissent volontiers pour rire de ses propres facéties et que sa longue silhouette d'adolescent attardé n'inspire qu'une confiance relative. Pourtant, Ilias est devenu l'assistant de l'inspecteur chargé de l'enquête, et l'inspecteur, d'un ton doctoral, lui tient un cours de travaux policiers appliqués.

« Que fait la police d'un pays tant soit peu organisé lorsqu'un hippy étranger vient lui annoncer la découverte d'un cadavre ? Elle interroge son bureau national d'Interpol, qui, lui-même, interroge le bureau national du pays d'où est originaire le hippy. »

C'est ainsi qu'une fiche de demande de renseignements sur Tony va partir d'Athènes pour Washington. Par la même occasion, les policiers d'Athènes demanderont aussi des renseignements au sujet du cadavre. Regarde celui-ci : blond, les cheveux très courts, presque ras, la peau blanche et constellée de taches de rousseur, ce pourrait bien être un touriste. Pour le reste, on ne peut que se perdre en conjectures : il n'a aucun papier d'identité ; la marque de ses vêtements a été coupée et j'ai l'impression qu'on a tenté de maquiller ses empreintes digitales en les brûlant.

L'inspecteur, un petit homme au teint blême, se tait tout de même pour laisser la parole au médecin légiste, qui dépose ses conclusions à peu près sur le même ton. C'est un cours magistral à l'attention de l'apprenti policier :

« Le cadavre a séjourné dans la mer car j'ai trouvé de l'eau salée dans l'estomac. Mais il n'est pas mort noyé car il n'y en a pas dans les poumons. Le fil électrique en cuivre qui le ficelait n'a pas seulement servi de liens. C'est aussi l'arme du crime. Je pense qu'il a été électrocuté. Mais la tension électrique ne devait pas être suffisante pour provoquer une électrocution rapide et le supplice a probablement duré un certain temps. Alors, comme toujours dans ces cas-là, c'est le cœur qui a lâché. Après quoi, on a essayé de le faire disparaître dans l'eau, mais ça n'a pas marché. J'ai trouvé du sable dans les parties du corps où il n'y avait pas lieu d'en trouver. Je pense donc qu'on a tenté de l'enterrer mais les assassins ont dû être dérangés et ils l'ont abandonné.

— Alors, Ilias ? Qu'en pensez-vous ? » demande l'inspecteur.

Le jeune policier se contente d'une moue dubitative. Comment pourrait-il émettre la moindre hypothèse alors que les patrons ont l'air de nager complètement. Il tente pourtant de se montrer à la hauteur de l'intérêt qu'on lui porte :

« Je ne sais pas, chef. Est-ce que vraiment c'est un meurtre ? Parce que si... si ces gens-là voulaient tuer ce bonhomme, il devait y avoir d'autres moyens ?

— D'accord. Mais si ça n'est pas un meurtre, qu'est-ce que c'est ?

— Ben... Je ne sais pas, chef... Des gens... Une famille par exemple, qu'aurait voulu obtenir par la force quelque chose et puis l'homme serait mort et on aurait voulu se débarrasser du corps pour éviter les histoires. »

Le patron, songeur, frotte ses joues blêmes. C'est logique ce que dit ce gamin.

« Seulement, ajoute Ilias, pour ça il fallait disposer d'une maison vide avec l'électricité. Alors si c'est un touriste, il doit être facile de retrouver les gens qu'il fréquentait avant sa mort. »

Le grand patron et le médecin légiste regardent, étonnés, le gamin qui, décidément, n'est pas si bête que ça. Et le gamin se rengorge.

Tony lui, attend au commissariat central depuis douze heures et il en a « ras les cheveux longs ». Mais quand on est déguisé en hippy, avec une barbe hirsute et une chevelure sale, il faut apprendre à être patient ! Lorsque les policiers reviennent après avoir inspecté la plage où l'on a retrouvé le cadavre, le jeune Ilias est invité à servir un café à Tony et à l'interroger, ce qu'il fait fort courtoisement à la plus grande surprise des témoins. C'est que les empreintes que celui-ci a laissées sont très claires. Elles ne sont pas assez profondes, ni titubantes, ni hésitantes pour qu'il ait pu porter un cadavre à cet endroit.

« Un détail, tout de même, demande le jeune flic. D'après les traces, vous ne vous en êtes pas approché à plus de deux mètres. Comment avez-vous — ainsi que vous le prétendez — reconnu tout de suite qu'il s'agissait d'un cadavre ?

— Bof ! répond le hippy. D'abord une bizarre position du corps qui n'avait rien à voir avec celle d'un homme endormi ou inconscient. Il formait un arc de cercle, ses bras étaient soigneusement rangés le long du corps. Ensuite, tous ces mètres de fil de cuivre enroulés autour de lui. L'homme — qui ne devait pas être âgé de plus de trente ans — avait des plaques bleues un peu partout, notamment sur le visage. Comme ça ne pouvait pas être un accident, c'était certainement un meurtre.

— Alors ? demande le patron au teint blême lorsque le jeune Ilias a fini son interrogatoire.

— Je pense qu'il est innocent et qu'il n'a rien à voir dans cette affaire. »

Et là-dessus, Interpol à Washington envoie

les meilleurs renseignements concernant le jeune hippy. Tony est donc libéré à sa grande surprise, et reprend le soir même l'avion pour l'Afghanistan... Mais l'affaire n'est pas élucidée pour autant.

Interpol pense seulement avoir identifié le cadavre. Il s'agirait de Julius Carry, champion de bridge, président d'une société phonographique de Los Angeles. Venu il y a plus d'un mois pour faire une croisière sur le *Zanté* — un bateau loué par sa femme. Sans nouvelles de lui depuis quatre jours, sa femme le chercherait partout dans le golfe d'Athènes, après avoir prévenu la police locale.

Marisa Carry, la femme du disparu, arrive donc à la morgue d'Athènes. C'est une femme de vingt-sept ans, ni belle ni laide, mais bien faite et très sportive. Effondrée et stupéfaite, elle reconnaît formellement le cadavre trouvé sur la plage. Elle ne connaissait pas d'ennemi à son mari, ils passaient des vacances paisibles. Et c'est lors d'une escale à Hydra dans le golfe d'Athènes qu'il n'a pas reparu à bord.

Il est facile aux policiers d'Hydra de retrouver les trois personnes avec lesquelles il a passé la soirée à terre : d'abord deux marins du *Zanté*. Puis Eléna Makris, une jeune femme demeurant à Hydra, avec laquelle les deux marins l'ont ensuite laissé seul. A partir de là, on ne sait rien.

Marisa Carry elle, savait que son mari fréquentait parfois d'autres femmes. Il ne lui cachait rien à ce sujet, et elle ne s'en préoccupait pas.

Le lendemain, le grand patron de l'enquête entend le jeune Ilias faire son rapport. Impressionné par son jeune talent, il l'a envoyé interroger à Hydra la jeune Eléna Makris. Dans le bureau du patron, le jeune policier surexcité, et l'air plus gamin que jamais, expose ses impressions d'interrogatoire :

« Elle est pas dans le coup, chef. Elle est restée deux heures avec lui dans sa chambre, sur le port d'Hydra, et il est parti.

— C'est elle qui te l'a dit ?

— Oui, chef.

— Tu as pu vérifier ?

— Non, chef. A partir de là, personne n'a remarqué l'Américain.

— Alors, pourquoi est-ce que tu l'as crue ? Hein ? Réponds-moi ? Pourquoi est-ce que tu l'as crue ?

— Parce que je suis sûr qu'elle dit la vérité, chef. C'est une femme facile sans doute, mais c'est une fille honnête. »

Le patron remarque que le jeune Ilias rougit jusqu'aux oreilles, que ses petits yeux facétieux se dérobent et que sa longue silhouette d'adolescent attardé paraît mal à l'aise...

« Comment elle est cette fille ? Jolie, je suppose ?

— Oui, chef.

— Et bien sûr tu n'y as pas touché ?

— Non, chef. »

Le patron s'amuse à retourner son élève sur le gril :

« Bon. Tu peux me la décrire un peu ? »

Le jeune homme jette au patron un regard réprobateur, mais il est bien obligé de s'exécuter :

« Eh bien, c'est une grande femme brune. Elle a vingt-quatre ans. Elle a des yeux noirs, très vifs. Elle m'a paru très intelligente, et très spontanée... heu... Ben voilà, quoi...

— Évidemment elle est très bien faite...

— Ah ça oui, chef. Et elle est vêtue avec beaucoup de goût.

— Elle a répondu à toutes tes questions ?

— Toutes, chef. Quand elle a su que j'enquêtais pour un crime et surtout qu'il s'agissait de l'Américain, elle a fait tout ce qu'elle a pu pour m'aider. A son avis, il faudrait interroger les gens du *Zanté*... Peut-être que c'est l'équipage qui cache quelque chose.

— Bon... Ça va... Merci. »

Le patron croit avoir compris. La jeune Eléna Makris en question est une prostituée dûment fichée. Elle sait s'y prendre. Elle a dû embobiner le pauvre gamin et passer la nuit avec lui. Alors il retire l'affaire à son jeune collaborateur, l'envoie s'occuper d'une stupide affaire de vol de motocyclette et décide de se rendre lui-même à Hydra.

Il s'embarque sur le bateau qui fait deux ou trois fois par jour la traversée, convaincu qu'il va rapidement découvrir la vérité. C'est normal, il est le plus vieux, le plus malin, et sa première impression le renforce dans cette opinion : « Bon sang, je comprends le gamin ! » pense-t-il en regardant la belle prostituée qui vient de lui ouvrir sa porte. C'est une des plus belles femmes qu'il ait eu l'occasion de rencontrer et qui paraît être d'une intelligence hors du commun. De sorte qu'il ne tire d'elle absolument rien de nouveau. Elle le regarde d'un air amusé et répond en riant à toutes ses questions, d'un ton légèrement moqueur.

Elle n'est pas ici par hasard, ni prostituée par accident. Ces deux circonstances résultent d'un choix réfléchi. Elle exerce un métier qui ne lui déplaît pas car elle est suffisamment belle pour choisir ses clients et pour les faire payer très cher. Elle est riche. Elle vit dans une petite ville ravissante où les vacances sont éternelles et où elle ne rencontre que des gens heureux. Dans une des îles les plus belles du monde, dans une des mers les plus belles du monde, dans un des pays les plus beaux du monde. Les boutiques sont pleines de colifichets ravissants. Il y a les meilleurs poissons et les meilleurs fruits. Il faudrait qu'elle soit idiote, et elle ne l'est pas, pour se trouver mêlée à un crime qui ne peut être que stupide.

« Avez-vous couché avec mon jeune collaborateur ?

— Pourquoi ? Il vous a dit ça ? Allons je suis sûr qu'il ne vous l'a pas dit, et il a raison.

— Et l'Américain. De quoi vous a-t-il parlé ?

— Oh ! Nous avons assez peu parlé. Je sais simplement que c'est la deuxième fois qu'il venait en Grèce et qu'il louait le même bateau avec le même équipage. J'ai cru deviner aussi que sa femme et lui ne s'entendaient pas beaucoup. Mais c'est tout ce que je puis vous dire.

— Il a été généreux ?

— Moyennement, comme un Américain.

— A quelle heure vous a-t-il quittée ?

— Vers deux heures du matin.

— Il ne vous a pas dit où il allait ?

— Il m'a dit qu'il retournait sur son bateau.

— Vous savez que vous êtes la dernière personne à l'avoir vu ?

— C'est ce que m'a dit votre jeune collaborateur. Mais, est-ce que vous avez interrogé les gens de son bateau ? Après tout, c'est peut-être eux qui mentent. »

Le patron décide d'interroger Yannis et Ponti, les deux marins du *Zanté*. L'un est grec, l'autre yougoslave. Deux brutes muettes et peu sympathiques. Le capitaine du *Zanté*, par contre, est un de ces skippers play-boy, prolixe et heureux de vivre, chasseur sous-marin acharné, amateur de femmes et de bons vins.

C'est la deuxième année que le couple Carry loue ses services et son bateau. Il s'entendait si bien avec eux que ce sont devenus des amis. Il reconnaît que le mari et la femme avaient bien, de temps en temps, une discussion, mais quel couple n'en a pas, ajoute-t-il avec bonhomie.

L'inspecteur est inquiet. Il sent qu'il tourne en rond. Et lorsqu'il rend visite au bureau de la police d'Hydra, c'est en maugréant qu'il demande si l'on a reçu pour lui quelques nouvelles.

Les nouvelles consistent uniquement en un coup de téléphone du jeune Ilias. En bougonnant l'inspecteur se demande pourquoi le jeune freluquet a téléphoné et sans vouloir y attacher trop d'importance, il l'appelle avant d'aller se coucher.

« Tu m'as appelé Ilias ?

— Oui, chef. J'ai pensé à quelque chose. Lorsqu'on enroule du fil de cuivre autour d'un corps humain et qu'on envoie du courant dedans... »

L'inspecteur soupire, mais écoute tout de même :

« Oui. Eh bien ?

— Eh bien ! on fait sauter les plombs, chef !

— Et alors ?

— Et alors, chef, si on répare et qu'on remet le courant, on fait encore sauter les plombs, chef. Or, d'après le médecin légiste, le supplice a duré longtemps. C'est pas possible si les plombs sautaient. »

L'inspecteur est à la fois vexé et ravi. Vexé

parce qu'il aurait pu y penser lui-même. Ravi parce que, lorsqu'on est vieux dans le métier, on aime bien découvrir de jeunes talents. Son silence encourage Ilias à poursuivre :

« Alors, voilà, chef. J'ai repensé à ce que m'a dit Eléna Makris. C'est peut-être les gens du bateau qui mentent. Vous avez vu le capitaine ? C'est un bel homme, et c'est la deuxième année qu'ils partent avec lui. Pourtant d'après les renseignements que nous a envoyés Interpol, l'Américain n'est pas tellement sportif. C'est surtout sa femme qui tenait à cette croisière. Vous voyez où je veux en venir, chef ? Alors, voilà ce que je pense. Si je dis des bêtises, vous ne m'en voulez pas, chef ?

— Non, non... Parle puisque je te le dis.

— Eh bien ! admettons que la femme et le capitaine étaient amants, après tout, une jeune femme sportive, ça peut l'intéresser de vivre en Grèce sur un bateau. Ils avaient peut-être décidé de rester ensemble. Seulement l'argent, c'est le mari qui l'avait. Alors il est possible qu'ils aient pensé à le torturer. Peut-être pour avoir le divorce. Et puis il serait mort. Alors, pour se débarrasser du corps, pendant la nuit ils auraient été le déposer sur une plage du continent. »

Le patron réfléchit :

« C'est bien joli ton hypothèse, seulement c'est un peu romanesque non ? Et puis, il faudrait le prouver ?

— Justement, chef. Il y a les plombs. Ils

n'auraient sûrement pas fait ça sur le bateau... Au milieu du port... Si l'Américain criait, on l'aurait entendu. Or, l'un des marins, Yannis, a une petite maison à Hydra. Vous pourriez peut-être aller voir. Si les plombs ont été bricolés, si par exemple on a mis du fil de fer à la place du plomb, ou du shunt, c'est que j'ai raison ! »

Le patron reste bouche bée. Il n'a jamais entendu, depuis qu'il est dans la carrière, une suite de déductions aussi logique. Il raccroche sans un mot, requiert quatre policiers armés, va chercher sur le *Zanté* le dénommé Yannis et lui demande de conduire la troupe chez lui.

L'homme paraît ahuri. Ahuri peut-être parce qu'il ne comprend pas pourquoi... Ou ahuri qu'on ait si vite découvert le pot aux roses...

Comme un automate, blême dans la nuit blême, l'inspecteur roule vers la bergerie de Yannis, appelée pompeusement « maison ». En approchant, il regarde en l'air pour voir s'il y a bien des fils électriques aboutissant à cet amas de pierres où les portes et les fenêtres sont fermées.

C'est moins le désir de réussir cette affaire que la curiosité de vérifier l'hypothèse de son jeune collaborateur qui l'anime. En entrant, il demande à Yannis :

« Où est le compteur ? »

Là, sous le compteur, l'inspecteur aperçoit la masse blanche de quelques fusibles. Il en retire un, puis un deuxième. Le plomb a été remplacé par un morceau de gros fil de fer...

Alors... Aujourd'hui, huit années plus tard, Ilias Imbros, malgré sa longue silhouette d'adolescent attardé, est l'un des grands patrons de la police grecque.

LE DIABLE HABILLÉ DE SOIE

LES trois toubibs, dans le bureau d'un hôpital de Rome, sont restés silencieux et stupéfaits, et l'infirmière exprime le même étonnement, la même impuissance, en leur annonçant que Mme le docteur Andersen est morte.

Parmi les trois toubibs, l'un ajoute à cette expression de stupeur les signes d'une peine violente. C'est le professeur Waldemar Andersen, quarante ans, l'époux de la femme dont on vient de lui annoncer la mort. Il passe sur ses cheveux blonds coupés en brosse une main mécanique gantée de cuir et retire ses lunettes de métal pour en essuyer les verres qui se sont embués.

« Ce n'est pas possible... Mais enfin ce n'est pas possible... »

Les deux autres toubibs ne peuvent que poser une main sur son épaule pour exprimer leur compassion. Pour eux aussi, cette mort dépasse les limites de l'entendement. A tel point qu'après un long silence, l'un d'eux déclare :

« Je crois qu'il faut prévenir la police et pratiquer une autopsie. »

Le juge d'instruction Pietro Morini, chargé d'ouvrir le dossier sur la mort étrange de Mme le docteur Andersen, prend quelques jours plus tard connaissance des résultats de l'autopsie : Mme Andersen est morte du tétanos. Or, son corps ne porte aucune trace de blessure, même infime, alors que le tétanos est provoqué par un bacille anaérobie qui se développe généralement dans des plaies souillées de terre, en produisant une toxine qui atteint les centres nerveux.

De plus, la crise a été si foudroyante que toutes les mesures prises par les médecins sont restées sans résultat. Ils n'ont pu empêcher que la paralysie atteigne rapidement tous les muscles du corps, jusqu'à entraîner la mort.

Dieu sait pourtant que tout a été tenté. Car non seulement la victime était médecin, mais son mari, le professeur Waldemar Andersen, est médecin lui aussi, et, comble de l'ironie, médecin bactériologiste.

Comble de l'ironie ou acharnement du destin, car le malheureux professeur a déjà perdu sa première femme par infection bactérienne. Mais dans cette première affaire, pas de mystère, Waldemar Andersen faisait avec sa première femme des recherches sur les bactéries et ils ont été infectés tous deux. Lui eut la vie sauve parce qu'on a pu l'amputer rapidement de la main gauche. Sa première femme en est morte.

Ironie ? Acharnement du destin ? Ou coïncidence ? Le juge d'instruction, comme les policiers, n'aime pas les coïncidences. Le juge d'instruction Pietro Morini chasse une idée qui lui passait par la tête. Après tout, le bacille anaérobie a pu pénétrer dans le corps par les muqueuses, par suite d'un lavement, d'une injection, voire même d'un simple lavage de dents. Cela paraît bien extraordinaire, mais le juge, pourtant, referme le dossier.

Huit jours plus tard, le bureau d'Interpol en Suède, pays d'origine du couple Andersen, transmet au juge une lettre de quarante pages émanant du père de la défunte : celui-ci, se basant sur ce qu'il faut bien appeler des « intuitions » mais aussi des réflexions, des confidences et des extraits de lettres de sa fille et sur des coïncidences enfin, accuse formellement son gendre, professeur en médecine bactériologique, d'avoir volontairement inoculé le tétanos à sa femme.

Le policier suédois qui, de Stockholm, a transmis ce rapport et se passionne pour l'affaire, téléphone au juge d'instruction de Rome.

« Vous avez lu le rapport que je vous ai transmis ? Qu'en pensez-vous ? »

Pietro Morini est un petit homme gras d'une cinquantaine d'années, qui commence à perdre ses cheveux, craint la chaleur et travaille intelligemment, mais piano, piano. En s'éventant avec une des pages du rapport, il bougonne :

« Je pense que je vais réouvrir le dossier. Mais, vous savez, je m'en serais bien passé. Je prévois une affaire difficile. Tous les indices retenus contre le docteur Andersen pourraient tout aussi bien servir à le disculper. Enfin, rassurez-vous, je vous tiendrai au courant. D'ailleurs, j'aurai certainement besoin de vous. »

Le beau-père du docteur Andersen résume ses accusations ainsi :

Premièrement : le docteur Andersen, à quarante ans, est très épris d'une Suédoise de trente ans, son ex-secrétaire médicale à Stockholm. Bien qu'ils soient actuellement séparés, il retourne fréquemment en Suède pour la voir. Cette liaison dure depuis si longtemps et la jeune femme est si jolie que l'on peut supposer que le docteur Andersen a l'intention de l'épouser un jour.

Deuxièmement : la femme du docteur Andersen était parfaitement au courant de cette liaison et dans le ménage Andersen tout n'allait pas pour le mieux.

Troisièmement : Mme Andersen avait plusieurs fois laissé entendre que, si elle venait à mourir, son mari y serait pour quelque chose.

Quatrièmement : il y a trois ans déjà, avant qu'ils ne quittent Stockholm pour s'installer à Rome, Mme Andersen avait dû être hospitalisée, brusquement atteinte du charbon. Cette maladie, également causée par un bacille, n'apparaît en principe que chez les animaux ou lorsqu'on a eu un contact avec une bête malade.

Enfin, cinquièmement : le docteur Andersen, qui est bactériologiste, a publié une étude dont le thème est : « Les bactéries comme moyens de destruction. » Dans cette étude, il démontre combien les bactéries peuvent être une arme sournoise, silencieuse, et perfide ; comment on peut, grâce à elles, contaminer facilement les boissons, les nourritures et même l'air qu'on respire.

Bien que ne reposant sur aucune preuve, ces accusations sont accablantes. Seulement, il y a un « mais ». Qui apparaît dès l'instant où le juge d'instruction Pietro Morini fait la connaissance du docteur Andersen.

Ce « mais », ce pourrait être d'abord les qualités humaines apparentes du docteur, et son physique. C'est un grand homme à la silhouette athlétique, au visage buriné. Il fait quelque peu penser à Haroun Tazieff. Des traits virils, un visage calme, réfléchi, apparemment sans tourment ni mystère. Il tient sans gêne apparente sa main mécanique sur sa joue.

Mais peut-on juger un homme sur son apparence ? Non. Seulement il y a, pour le juge Pietro Morini, quelque chose de plus troublant encore. C'est l'intelligence de cet homme. Elle est évidente. Elle se lit dans ses yeux, dans sa façon de s'exprimer, dans chacun de ses gestes.

Immédiatement, comme il l'avait ressenti à la lecture du rapport, le juge d'instruction pense que les indices relevés contre lui pourraient tout aussi bien le disculper. Comment un homme aussi intelligent pourrait-il commettre un crime, alors que tout l'accable ? C'est d'ailleurs ce que lui fait remarquer le docteur Andersen d'une voix basse, presque sourde, avec un sourire triste :

« Je comprends que mon beau-père vous ait écrit cette longue lettre. Je savais qu'il l'écrirait. Si ça n'avait été lui, quelqu'un d'autre l'aurait fait. Et je n'ai rien à y ajouter ni à y retrancher. C'est vrai, j'espérais divorcer un jour pour épouser cette jeune femme. C'est vrai ; je suis médecin bactériologiste. C'est vrai : ma femme a été atteinte une première fois du charbon, et c'est vrai que j'ai écrit un livre sur “ Les bactéries comme moyens de destruction ”. Mais, à cause de tout cela justement, il aurait fallu que je sois un fieffé imbécile ou complètement dément pour avoir inoculé le tétanos à ma femme, pour laquelle, en outre, je continuais d'éprouver une réelle affection. »

Le juge Pietro Morini réfléchit longuement en observant les lunettes à monture métallique du docteur Andersen, derrière lesquelles les yeux sont las, bien qu'un peu ironiques.

« Savez-vous à quoi je pense, docteur ?

— Bien sûr. Vous pensez, et je ferais la même chose à votre place, que je pourrais avoir commis ce crime justement parce que tout m'en accuse et qu'il est trop absurde pour paraître vraisemblable.

— C'est exactement ce que je pensais.

— Dans ce cas, conclut le docteur, nous n'avons pas fini de nous regarder en chiens de faïence.

— Ça se pourrait bien. Alors, changeons de sujet : aimez-vous Rome ? »

Le docteur, un instant surpris, répond :

« Bien sûr. Et m'installer à Rome était l'un de mes rêves les plus chers. »

Pendant une demi-heure, le juge d'instruction interroge le docteur et découvre un homme passionné, attentif et curieux de tout. Non seulement il s'intéresse à l'art en général mais plus particulièrement à l'architecture. Le sport ne lui est pas étranger : avant son accident, il était un remarquable joueur de tennis et il pratique encore, avec sa main mécanique, le ski, notamment le ski de fond, qui n'est à l'époque pratiqué que dans les pays nordiques.

Et le juge pense que, cela aussi, c'est troublant. Qu'un homme aime une femme, rien de plus normal. Qu'il l'aime passionnément c'est encore normal, mais à condition que cela ne prenne pas le caractère obsessionnel qui, seul, peut conduire de l'amour au crime.

Pour qu'un homme intelligent tue par amour, il faut que toutes ses énergies mentales, psychiques, soient entièrement drainées, récupérées, par ce sentiment amoureux ; que rien d'autre n'existe.

Et, dans ce cas, il reste peu de sentiments disponibles. Il peut évidemment poursuivre une vie parallèle, quasiment mécanique, faite d'habitudes et de réflexes plus ou moins conditionnés comme c'est le cas par exemple dans une activité professionnelle. Mais peut-il se passionner, comme le fait le docteur Andersen, pour l'architecture de la Renaissance ? pour le tournoi de Wimbledon ?

Aussi, lorsque Pietro Morini se lève pour signifier au docteur que l'entretien a pris fin, il pense : « Cet homme n'est pas coupable. »

Quelques jours plus tard, le juge Morini reçoit le compte rendu de l'enquête menée par Interpol à Stockholm. Il en ressort que, lors de sa première hospitalisation, il y a trois ans, c'est Mme Andersen elle-même qui avait diagnostiqué le charbon. Elle avait d'ailleurs été sauvée grâce à son propre diagnostic, car les médecins n'avaient pas eu besoin de la mettre en observation, ce qui avait constitué un gain de temps précieux. Après enquête, on avait constaté que c'étaient les gants de Mme Andersen qui étaient infectés par les bacilles du charbon.

Or, d'où pouvaient venir ces bacilles ? A l'époque, son mari, en tant que bactériologiste de l'Institut d'hygiène de Stockholm, avait accès à n'importe quel moment et sans aucun contrôle au laboratoire où se réalisent les cultures de bactéries et il était parfaitement apte et autorisé à en cultiver lui-même.

Aujourd'hui, à Rome, à la Faculté, le docteur Andersen dispose des mêmes possibilités.

Le détective d'Interpol à Stockholm rapporte également la conversation qu'il a échangée avec une amie intime de Mme Andersen :

Question du détective :

« Saviez-vous que le couple Andersen traversait une crise sentimentale ? »

Réponse de la femme, une Suédoise dont la froideur nordique n'est qu'apparente :

« La crise du ménage Andersen était connue partout. Ruth partageait ses joies et ses peines avec tout le monde, alors que lui était plutôt réservé et, les derniers temps, même plutôt renfermé.

— Elle vous en a donc parlé sans réserve ?

— Sans aucune réserve. Elle en parlait d'ailleurs à haute voix à tous ses amis.

— Mais, dans ce cas, quelle était l'attitude de son mari ?

— Il ne disait rien. Mais j'ai souvent pensé qu'il devait être excédé, non seulement par les crises de jalousie, mais par les manifestations amoureuses de sa femme. Au vu et au su de tous, elle l'embrassait passionnément, lui prodiguait des caresses, l'appelait de petits noms intimes. Vous savez, les hommes n'aiment pas beaucoup ça !

— Quand les avez-vous vus pour la dernière fois ?

— Il y a quatre mois lorsqu'ils sont venus à Stockholm. Et Ruth répétait à qui voulait l'entendre que tout était arrangé. A ce moment, l'idée m'a effleurée que c'était peut-être une feinte, une ruse de son mari pour avoir la paix, à moins qu'ils se soient mis d'accord tous les deux sur cette présentation afin de mettre fin aux ragots.

— Confidentiellement, croyez-vous que le docteur Andersen a tué sa femme ?

— Je ne sais pas. D'un côté tout l'accuse et, d'un autre côté, ça paraît tellement absurde. »

Le père de Mme Andersen, lui, est tout à fait convaincu de la culpabilité de son gendre.

« Ma fille souffrait terriblement de la liaison de son mari avec cette jeune femme. Elle me téléphonait souvent. Et elle m'a dit qu'elle lui faisait des scènes de jalousie pénibles.

— Pourquoi n'a-t-elle pas divorcé ?

— Elle pensait que ça ne serait que passager. Ensuite, quand elle a compris que cette liaison représentait réellement une menace pour son ménage, qu'elle s'est sentie abandonnée, sa méfiance a grandi. Souvent, elle m'a dit sa conviction que son mari voudrait la voir morte. C'est là qu'elle m'a dit : « Si je meurs « brusquement, c'est que Waldemar s'en sera « mêlé. »

— Mais ne trouvez-vous pas ce meurtre absurde ?

— Au contraire. Il est d'une intelligence diabolique. »

La jeune et jolie secrétaire médicale, maîtresse du docteur Andersen, dispose, elle, d'une tout autre explication. Comme toutes les femmes qui ont réellement du succès en Suède, elle est brune, avec une silhouette souple et, dans la voix comme dans le comportement, une chaleur méditerranéenne.

« Waldemar n'a pas tué sa femme. Il n'avait pas besoin de cela. Ils auraient bien fini par divorcer un jour et il savait que je l'attendrais le temps qu'il fallait.

— Alors quelle est votre explication ?

— Je pense que sa femme, elle-même médecin, savait aussi bien que lui à quel point une manifestation bacillaire peut être dangereuse et que les bacilles peuvent être un outil d'assassin parfait. Or, elle pouvait parfaitement accéder au laboratoire de son mari. Ruth était excentrique, exagérée dans ses sentiments. Lorsqu'elle a compris que la partie pour elle était perdue une fois pour toutes, il est possible qu'elle ait ressenti à la fois un grand désespoir et que son amour pour Waldemar se soit changé en haine. En haine aussi contre moi. Avouez que ce serait une formidable vengeance que de se suicider en faisant condamner Waldemar ! Comme dans un film qui est passé je crois l'année dernière, *Le diable habillé de soie*. C'est ce que fait l'héroïne jalouse à son mari.

— Vous pensez donc qu'elle s'est suicidée ?

— Oui.

— Une première fois avec le bacille de charbon ? Et une deuxième fois avec le tétanos ?

— Oui. Mais la première fois, lorsque son mari s'est précipité à son chevet, elle a dû regretter son geste et c'est pourquoi elle a fourni si vite le diagnostic qui l'a sauvée. La deuxième fois, c'était à Rome, bien loin de moi. Je ne sais pas ce qui s'est passé. »

A Rome, le juge d'instruction Pietro Morini convoque à nouveau le docteur Waldemar Andersen.

« Pourquoi avez-vous quitté la Suède ?

— Parce que mes démêlés conjugaux faisaient par trop jaser. On m'a proposé ce professorat, ici, à la Faculté. J'ai accepté. Si je devais un jour refaire ma vie, ça permettrait de me faire oublier en Suède.

— Votre femme avait-elle manifesté l'intention de se suicider ?

— Elle a manifesté parfois une certaine lassitude, mais elle ne m'a jamais parlé de suicide.

— Disposait-elle des moyens lui permettant cette forme si particulière de suicide ?

— Elle pouvait en disposer.

— Croyez-vous qu'elle s'est suicidée ?

— C'est possible.

— Pensez-vous qu'elle ait eu en même temps l'intention de se venger ?

— Se venger ? Vous savez, Ruth était une femme plutôt généreuse... »

Et puis le docteur, soudain, se tait. Son front se plisse. Un souvenir semble lui revenir en tête. Brusquement, il regarde le juge d'instruction.

« Après tout, quelque chose me fait penser que c'est possible. Un jour, nous avons été voir ensemble un film. Le titre en était... attendez que je me souvienne... *Le Diable habillé de soie.* L'héroïne de ce film est une femme qui organise son suicide de telle façon que son mari sera condamné comme assassin. Lorsque nous sommes sortis, elle m'a dit : « C'est ça. « C'est le tour que je devrais vous jouer. » Elle exultait, comme si elle avait trouvé la solution définitive à un problème qui l'obsédait.

— C'est intéressant, murmure le juge Pietro Morini, très intéressant... »

Et dès que le docteur est sorti, il se précipite sur le téléphone.

Le lendemain, lorsque Waldemar Andersen paraît devant lui, il est inculpé, les menottes aux mains.

« Pourquoi ? demande-t-il. Il y a un fait nouveau ?

— Un détail... explique le juge. Un détail infime et qui n'est pas une preuve, mais qui a suffi à me convaincre. Votre culpabilité, comme votre innocence, jusqu'alors, étaient toutes deux également plausibles. Mais votre innocence supposait une parfaite bonne foi. Le moindre mensonge et votre innocence disparaissait. Or, vous m'avez menti. Le film *Le Diable habillé de soie* n'est passé dans les cinémas de Stockholm que l'année dernière. Il n'y passait plus il y a quatre mois lorsque vous y êtes retourné avec votre femme. Vous ne vous êtes pas concertés avec votre maîtresse ? vous auriez dû, car elle m'en a parlé aussi. Donc, si vous avez vu ce film, c'est avec elle. Si ce film a inspiré un geste, ce n'est pas le suicide de votre femme mais bien plutôt votre crime. Vous vous êtes dit : « Si je tue ma « femme, le meurtre paraîtra tellement ab- « surde qu'on cherchera une autre hypothèse, « et forcément on pensera au suicide par ven- « geance. Et si l'on n'y pense pas, il suffit de le « souffler à la police. »

Le docteur Andersen hausse les épaules. Il sait parfaitement que cette brillante déduction ne constitue pas une preuve. Mais lorsqu'on le fouille, on trouve, dans sa poche, une ampoule de cyanure.

« Dois-je considérer cela comme un aveu ? demande le juge.

— Non. Mais je pense que je ne peux plus être innocenté désormais que faute de preuves matérielles irréfutables. Avec un tel doute, ma carrière, de toute façon, est anéantie. »

Mais le docteur Andersen ne se suicidera pas, et n'avouera jamais. Aussi, le jury, comme il l'avait prévu, jugera les preuves insuffisantes pour le condamner et il sera libéré sans que l'on sache jamais la vérité.

Habillé de soie ou pas, le Diable était bien passé par là.

LE SABLE, LE SOLEIL ET LA MER

D'UN côté de la rue : Sylvia, le visage joliment éclairé d'un regard joliment bleu, sous des cheveux joliment blonds. De l'autre côté de la rue : Joackim, des yeux sans éclat mais qui regardent droit, une voix adolescente mais ferme et un honnête sourire.

Elle a dix-huit ans et lui vingt et un. Ils habitent une petite ville d'Allemagne de l'Ouest et ils s'aiment. Les parents de la jeune fille ont protesté, sans aucun résultat. Les parents du jeune homme ne sont pas enthousiastes. Il est charmant et elle est très jolie, mais pour tous ces braves gens, ce n'est pas suffisant. Le père de la jeune fille, employé des P.T.T., n'a d'autres arguments que ceux d'un médiocre bon sens et d'une banalité sympathique :

« Tu es trop jeune Sylvia, avant de te marier, essaie de connaître un peu mieux la vie. »

Sylvia travaille au bureau de poste de son père durant les vacances et son père regarde son adorable fille économiser sou par sou ce qu'elle gagne, en expliquant un beau soir :

« Joackim et moi, nous allons partir, très loin. Nous voulons voir d'autres hommes, d'autres pays. Nous désirons aller en Inde, puis peut-être dans les îles. Quitter cette vie fiévreuse de l'Europe occidentale. Ce que nous voulons chercher c'est la paix. Le vrai bonheur pour nous, c'est la paix avec le sable, le soleil et la mer.

Pour la première fois de sa vie, la maman ne sait que faire et elle appelle au téléphone « SOS Amitié », en pleurant toutes les larmes de son corps, en se demandant ce qu'elle a raté dans l'éducation de Sylvia. Elle et son mari trouvent des tas de choses à se reprocher, mais il est trop tard. Joackim et Sylvia sont partis sans prévenir.

Les parents de la jeune fille, qui est encore mineure, préviennent la police, et Interpol diffuse une demande de renseignements à tous ses bureaux d'Afrique du Nord, du Moyen-Orient et d'Orient, puisque le jeune couple a parlé de sable, de soleil et de mer...

Une dizaine de jours plus tard, les parents reçoivent enfin des nouvelles : en forme de longues lettres où les jeunes gens racontent comment ils sont partis en auto-stop jusqu'à

Istanbul et, de là, ont pris le train jusqu'à Bombay.

Le père de Sylvia, de soulagement, explique à sa femme qu'il est heureux que sa fille soit heureuse, et que la vie lui paraisse aussi belle. Heureux qu'elle se sente indépendante. Heureux qu'elle s'entende merveilleusement avec Joackim. Il croit vraiment s'être trompé. Sylvia a eu raison de partir. Ils ne sont, eux, les parents, que de vieilles badernes et les jeunes ont raison. Le monde n'est plus ce qu'il croyait, la jeunesse est très différente, moins versatile et tourmentée. Prête à être heureuse à n'importe quel prix. Le père de Sylvia est un brave homme.

Pendant ce temps, les amoureux atteignent le sud de l'Inde, et se rendent par avion aux îles Maldives. C'est là, dans la capitale de cet archipel merveilleux, au milieu de l'océan, que les deux jeunes amoureux décident de s'installer. Et le jeune homme écrit à ses parents :

« Nous nous levons entre huit et dix heures. Nous allons au marché pour acheter du poisson et des noix de coco. Il ne nous faut pas autre chose. Nous vivons sans souci du lendemain. Nous avons pour le moment l'indispensable : un peu d'argent, et il nous en faut si peu. Nous nous aimons et nous avons le soleil et la mer. Pas d'ennuis, pas de hâte. Nous avons fait connaissance avec les quelques Européens qui ont ici trouvé le bonheur. Parfois, nous partons en mer avec les pêcheurs.

L'après-midi nous faisons la sieste sur la plage. Nous avons trouvé ce que nous cherchions : la joie grâce à une vie simple. Qu'est-ce qui peut détruire subitement un tel bonheur ? Le soleil ne cessera pas de briller, la mer d'être bleue. Il y aura pendant longtemps encore des noix de coco aux îles Maldives et longtemps encore les beaux poissons frétilleront dans le filet des pêcheurs »...

Joackim est poète, Joackim est heureux et il cesse brutalement d'écrire. Dans ce silence subit, les parents du garçon et ceux de la jeune fille, qui jusque-là observaient une prudente réserve, traversent la rue et se rendent des visites presque quotidiennes :

« Vous avez des nouvelles ?

— Non rien, et vous ?

— Rien non plus. »

Les jours, bientôt les semaines passent. Les braves gens tentent de se remonter mutuellement le moral. Mais, comme bien souvent, les uns et les autres ont totalement oublié de prévenir Interpol en recevant les premières nouvelles de leurs enfants, et un jour deux hommes en imperméable sonnent chez les parents de Sylvia. Le père, qui a ouvert la porte en passant la main dans ses cheveux gris, présente à sa femme les deux hommes qui retirent leur chapeau.

« Ces messieurs sont envoyés par Interpol. »

La voix du père, malgré ses efforts, est

sourde et légèrement tremblante. Il se doute bien que ces deux policiers ne sont pas venus apporter de bonnes nouvelles.

La mère les regarde avec des yeux presque horrifiés. En Allemagne, même trente ans après la guerre, l'irruption de deux policiers en imperméable fait froid dans le dos.

« Asseyez-vous, messieurs.

— Non merci, répond l'un d'eux qui regarde fixement l'autre comme s'il voulait lui donner du courage.

— Hum ! fait l'autre pour s'éclaircir la voix, madame, monsieur, les faits que nous allons vous rapporter nous les tenons du bureau indien d'Interpol à New Delhi, lui-même ne les connaît que par ce qui a été publié dans un journal des Maldives. Ces îles sont une république indépendante depuis 1968. La police n'y est pas affiliée à Interpol. Les faits demandent donc à être précisés, aussi cette démarche est purement officieuse, mais, comme vous vous êtes adressés à Interpol, nous avons pensé qu'elle était de notre devoir. »

Fidèle à la vieille technique qu'utilisent dans le monde entier les porteurs de mauvaises nouvelles, le policier s'efforce par des lenteurs et des silences calculés de faire prononcer par les parents eux-mêmes le mot fatidique :

« Il est arrivé quelque chose à Sylvia ? demande la mère.

— Oui, madame.

— C'est grave ?

— Oui, madame.

— Elle est blessée ? »

La mère étant incapable de parler, c'est finalement le père qui demande :

« Mais parlez enfin. Elle est morte ?

— Oui, monsieur !

— Mais comment ? demande le père... De quoi ?

— La mort a été subite et elle n'a pas souffert. Elle aurait été tuée de sept coups de couteau.

— Par qui ?

— Par le jeune homme avec qui elle s'était rendue là-bas. Dans une crise de jalousie, car elle venait de passer trois semaines avec un Italien dans une petite île déserte de l'archipel. Elle est enterrée dans le cimetière de la capitale. Mais vous pouvez certainement faire rapatrier son corps, en usant de la voie diplomatique car encore une fois Interpol ne peut rien faire. »

En se retrouvant dehors, le policier qui vient de parler dit à l'autre :

« A toi maintenant. »

Et ils traversent la rue et frappent à la porte des parents de Joackim. A la maman du jeune homme, qui ouvre la porte dans un étourdissant tablier de ménagère de toutes les couleurs, le policier présente sa carte. Dans le silence qui suit, on entend la voix du père qui demande de loin :

« Qu'est-ce que c'est ? »

Mais le policier ne tient pas à raconter deux fois la même pénible histoire :

« Pouvez-vous appeler votre mari s'il vous plaît madame ? »

Lorsque le père, en bras de chemise, et la mère qui arrache son tablier sont réunis, le policier commence par les mêmes préliminaires.

« D'après le journal des Maldives, votre fils serait actuellement détenu dans la prison de la capitale sous l'inculpation d'homicide.

— Vous voulez dire... qu'il a tué quelqu'un ? s'exclame le père.

— Oui monsieur, dans une crise de jalousie. Voici le télex en anglais reproduisant l'article. Vous pouvez lire l'anglais ?

— Non.

— Voulez-vous que je vous lise la partie qui vous intéresse ?

— Oui... Je vous en prie... Lisez... Lisez... »

Et le policier lit l'extrait du journal en traduisant l'anglais, déjà grossièrement traduit de l'hindou :

« ... Mais un jour Mario, un Italien, entra dans leur vie. Ils devinrent amis. Joackim ne redoutait pas l'attrait de Sylvia sur l'Italien. Quand il s'en rendit compte, il était trop tard. Il avait perdu Sylvia. Contre la volonté de Joackim, Mario et elle allèrent passer trois semaines dans l'île de Pramafil. L'amoureux éconduit était désespéré. Lorsque les deux amants revinrent à la capitale, Joackim était décidé :

« Sylvia, dit-il, je rentre en Allemagne. Ça vaut « mieux pour nous deux. » Sylvia acquiesça de la tête. Mais elle ne voulait tout de même pas abandonner son ancien amoureux lâchement et proposa de l'accompagner en avion jusqu'à Colombo. Après ce départ, elle retournerait auprès de Mario. Les deux jeunes gens ratèrent l'avion et retournèrent chez eux pour attendre le départ suivant. Il y eut une dernière discussion et l'issue fatale, dramatique : Joackim tua Sylvia de sept coups de couteau. Sous l'emprise de la jalousie l'Allemand avait perdu la tête. Il entreprit trois essais de suicide. D'abord il avala des somnifères. Puis il arracha d'une main un câble électrique. Enfin il s'enfonça dans la poitrine le couteau avec lequel il avait assassiné sa bien-aimée. Des voisins le trouvèrent étendu à côté du cadavre trois jours plus tard. A l'hôpital on a réussi à sauver la vie de l'assassin... »

« Voilà, c'est tout... » dit le policier, en pliant le télex pour le remettre dans son portefeuille.

Selon le policier, le jeune homme sera sans doute jugé sur place. Mais on ne connaît rien de la justice des Maldives et le secrétariat général d'Interpol a seulement précisé qu'à sa connaissance la peine de mort n'y était pas appliquée.

« Que faut-il faire, demande le père en allongeant sa femme qui est subitement devenue blanche comme un linge.

— Il n'y a pas grand-chose à faire, monsieur, sinon agir par la voie diplomatique. Pour que le consul d'Allemagne assiste au procès en observateur et que votre garçon ait un bon avocat. »

C'est effectivement la meilleure chose à faire.

Le procès de Joackim, accusé d'avoir assassiné sa fiancée, est le premier procès pour meurtre qui ait eu lieu aux îles Maldives depuis trois cents ans.

Malheureusement, la justice dans cette jeune république ne traîne pas. Le temps d'avertir le ministère des Affaires étrangères d'Allemagne fédérale, le temps pour celle-ci d'avertir son consul à Colombo, le temps pour le consul de sauter dans un avion, et lorsque le consul arrive au tribunal, la salle est vide. Il exhibe ses papiers, demande quand a lieu le procès. On lui répond que tout est fini.

La procédure islamique s'est déroulée dans les règles. Mais le cas de Joackim a été examiné avec une grande sévérité et le jugement n'a pas demandé plus de cinq minutes. Il est jugé, condamné et embarqué sur un voilier qui va le débarquer, après douze heures de navigation, sur un îlot à soixante-dix milles au nord de la capitale. Là, sur cet îlot de quelques hectares à peine, Joackim doit vivre le restant de ses jours, gardé par quelques indigènes. Car il s'agit d'une condamnation à vie.

Il ne reste plus au consul d'Allemagne qu'à

retourner à Colombo pour faire connaître à l'ambassadeur ce verdict inconcevable pour un esprit européen.

Lorsqu'il apprend la condamnation de Joackim, le père de Sylvia prend son courage à deux mains et traverse la rue pour frapper à la porte des parents du jeune assassin.

« Nous ne vous faisons pas de reproches, dit-il, vous n'êtes pour rien dans ce crime. Ma femme et moi nous nous sentons aussi coupables que vous. Nous n'aurions jamais dû laisser partir ces enfants. Nous compatissons à votre peine comme vous compatissez certainement à la nôtre. Et pour ma part, je pense que ce jugement est sans doute trop sévère. Il est peut-être un peu trop tôt, car ma femme est encore désespérée. Mais dans quelques jours, si nous pouvons faire quelque chose pour vous aider, vous pourrez compter sur nous. »

Les parents de Sylvia ne parviennent pas à réunir l'argent nécessaire pour faire revenir son corps. Les parents de Joackim trouvent l'argent d'un aller-retour pour les Maldives. Le père décide d'aller voir son fils dans son île perdue.

Il faut imaginer le voyage, sur la goélette des Maldives, du petit employé de banque de Darmstadt qui n'a jamais quitté sa province. En complet bleu marine il trimbale dans trois valises énormes les vivres et le matériel dont il imagine que son fils peut avoir besoin. Il faut imaginer l'émotion du père apercevant au loin l'îlot où vit son fils.

Et il comprend, sans qu'il soit besoin de le lui expliquer, pourquoi celui-ci ne peut pas s'évader. Ici l'Océan est parcouru de bandes de requins de toutes tailles. Et pour aborder l'île il faut franchir une barrière de récifs où la mer roule sur des arêtes tranchantes.

Sur la goélette, l'employé de banque debout à l'avant devine la silhouette de son fils sur la grève au milieu d'un groupe d'indigènes. Et sur l'îlot Joackim reconnaît, sur la goélette qui s'approche, la silhouette de son père.

Accompagné d'un représentant de la police des Maldives, le père doit descendre dans l'eau du lagon pour gagner la côte.

Joackim est maigre, vêtu d'un slip de bain décoloré. Un maillot de corps plein de trous laisse voir un corps d'un brun roux, taraudé par le soleil et le sel. Il s'abrite sous un chapeau de paille tout déformé. Le soleil est brûlant, tenace, permanent, implacable. Tandis que le père et le fils, après quelques embrassades, se parlent à voix basse accroupis sur la plage, le policier n'essaie même pas d'échanger quelques mots avec les indigènes : aucun d'eux ne parle anglais. Ils sont bientôt une centaine ; toute la population de l'île qui rit, et s'amuse. Ils vivent dans des huttes et ce sont eux qui gardent nuit et jour le prisonnier, sans qu'aucune conversation soit possible.

Le policier aide Joackim et son père à porter

les trois lourdes valises sous les palmes de cocotiers qui servent d'abri au prisonnier. Ils en sortent du riz, du sucre, du sel, une pharmacie, un réchaud à alcool, et diverses bricoles jugées indispensables par le père.

« Mais lorsque ma provision d'alcool sera épuisée, qu'est-ce que je ferai du réchaud ? » demande le fils.

Le père regarde autour de lui... En effet, il n'avait pas prévu un tel problème.

« Et tu n'as pas d'eau ? demande-t-il soudain.

— Non il n'y a pas d'eau douce sur l'île. On ne boit que du lait de coco, et je dois l'acheter. Parce que les noix appartiennent à la communauté des indigènes. Et c'est leur seul produit d'exportation. Pour trente-deux Pfennings j'ai six noix de coco, ça me suffit pour dix jours.

— Et qu'est-ce que tu manges ?

— La chair des noix de coco ou du poisson : j'ai le droit de pêcher gratuitement. Au début, j'ai essayé de pêcher avec une canne mais je n'en ai pas pris un seul. Maintenant, je pêche comme eux avec une ficelle et un crochet. J'en prends assez pour la journée.

— Tu n'as pas de hutte ?

— Non pas encore, je ne sais pas comment la construire. Le doyen du village m'a proposé de m'aider avec quelques hommes mais il faudrait que je paie les matériaux et le travail.

— Et combien ça te coûterait ?

— Trente-deux Deutsche Marks, c'est trop pour moi puisque je ne peux pas gagner d'argent.

— Je vais te les donner. Et comment ils sont avec toi ces gens ?

— Ils sont gentils, seulement ils m'observent sans arrêt, à chaque instant. Ils se tiennent assez loin, mais ils s'assoient et me regardent... Pour eux, je suis un personnage sensationnel, un spectacle permanent. Malheureusement, nous ne pouvons pas parler. »

En dehors de ces quelques paroles sans mystère, ce que se disent le père et le fils ne regarde qu'eux. En fin de matinée, le policier des Maldives déclare que la visite est terminée et que le père de Joackim doit réembarquer.

C'est un départ émouvant, d'une émotion rare. Le policier dira à un journaliste qu'il avait une boule dans le gosier à ce moment-là. Le père et le fils se sont embrassés sans dire un mot. Puis ils ont pataugé jusqu'à la goélette qui ne pouvait pas s'approcher car elle touchait le fond. A la fin les deux hommes nageaient. En nageant, ils se sont encore embrassés. Puis, l'employé de banque est monté à bord. Il était ruisselant autant de larmes que de l'eau du lagon.

« Pardon papa !... Pardon papa !... a crié une dernière fois le fils, dont on ne voyait que la tête sur l'eau bleue. »

Puis la goélette s'est éloignée et l'employé de banque a longtemps fixé la silhouette de son fils sur la plage, jusqu'à ce qu'elle devienne invisible. Puis longtemps fixé la forme basse de l'îlot jusqu'à ce qu'il disparaisse.

A l'heure où paraît ce livre, rien n'est encore réglé entre le ministère de la Justice des îles Maldives et celui de la République fédérale allemande.

Sylvia a eu son paradis : une tombe sous une dune de sable, dans un cimetière écrasé de soleil. Joackim a son enfer dans la chaleur et le dénuement et une telle solitude qu'il n'attend qu'une seule chose : être extradé, jugé par un tribunal allemand et condamné à purger sa peine dans une prison allemande : une prison de chez lui.

Mais les paradis et les enfers sont comme les auberges espagnoles et ne donnent au passant que ce qu'il y apporte lui-même.

LA BELLE INDIFFÉRENCE

UN beau jour de juin 1958, une jolie femme en pantalon et blouse marron, coiffée d'un foulard et portant des lunettes noires, pénètre dans son appartement voisin de Hyde Park. C'est Joan O'Hara, que toute l'Angleterre connaît grâce à la télévision dont elle est l'une des vedettes. A peine la porte ouverte, la jeune actrice reste saisie : l'appartement est sens dessus dessous. Au premier coup d'œil, on lui a volé un manteau de vison et des bijoux. Quelques instants seulement après avoir découvert ce cambriolage, le téléphone sonne :

« Allô !... Je suis bien chez la charmante Joan O'Hara ?

— C'est moi-même.

— Je suis désolé d'avoir visité votre appartement... S'introduire comme ça dans l'appartement d'une jolie femme, je sais que ce n'est pas correct... Mais le cambriolage est mon métier... Il ne faut pas m'en vouloir. »

La voix de l'homme est celle d'un étranger, avec un accent bizarre et des expressions rauques, nord-américaines semble-t-il.

Joan O'Hara n'a pas eu le temps de réaliser et reste silencieuse.

« Allô ! Mistress Schiffman ? »

Cette fois la jeune actrice a un haut-le-corps.

« Vous êtes toujours là, Mistress Schiffman ?

— Je suis là... dit-elle enfin, j'écoute.

— Vous préférez sans doute que je vous appelle Joan O'Hara, poursuit l'inconnu, je vous comprends. Schiffman, c'est moins flatteur, vous êtes allemande sans doute, d'origine juive bien entendu. C'est pourquoi je garde précieusement ces deux passeports que j'ai trouvés chez vous... L'un au nom de Joan O'Hara et l'autre au nom de Shiffman. Rassurez-vous, je ne les montrerai à personne. A condition, bien entendu, que vous ne portiez pas plainte. Je suis même prêt à vous les rendre. Mais ce sont des pièces rares. Elles valent très cher. Qu'en pensez-vous ?

— Combien voulez-vous ? demande Joan O'Hara.

— Je ne sais pas ! Je tiens compte de l'immense plaisir de vous rencontrer pour vous les remettre personnellement. Pour le reste, mettons 3 000 livres !

— Vous êtes fou ! » s'exclame Joan O'Hara qui raccroche, furieuse.

Hélas ! jour après jour, le téléphone sonne chez la malheureuse actrice, et la même voix rauque au même accent bizarre, aux mêmes expressions nord-américaines, fait alterner une cour de moins en moins discrète et des demandes d'argent de plus en plus pressantes. C'est un chantage incessant et pénible pour les nerfs. Joan O'Hara en est malade, et l'Angleterre en sera bientôt secouée dans sa respectabilité.

Voici à quoi ressemble le don Juan maître chanteur.

Il fait un temps superbe sur Londres. Un homme d'environ trente ans ouvre la porte d'une cabine téléphonique. Il est brun, on pourrait le considérer comme un beau garçon, si le bas du visage n'exprimait une certaine veulerie. Le regard est intelligent, le front aussi. Légère cicatrice à l'arcade sourcilière droite. Le nez est rectiligne, les oreilles bien collées. Tout va bien jusqu'à la lèvre supérieure, et puis là, au-dessous, ça se gâte un peu. La lèvre inférieure est en retrait et le menton s'enfuit.

L'homme entre dans cette anonyme cabine téléphonique, quelque part du côté de Kensington ou de Chelsea. Il sort de sa poche un petit répertoire téléphonique en cuir rouge, cherche un numéro, le compose tranquillement en regardant par la porte vitrée

les passants de cet été paisible. Un déclic :
« Allô ! » fait une voix de femme.

L'homme introduit dans l'appareil les pièces de monnaie nécessaires. Mais son geste reste suspendu. A quelques mètres, deux policiers en uniforme le regardent. En une seconde, il a compris : Joan O'Hara a porté plainte, et c'est la troisième fois qu'il téléphone de la même cabine, la police a eu le temps de localiser les appels. L'homme lâche le combiné, ouvre la cabine d'un coup d'épaule et s'enfuit. Mais la peur lui coupe la respiration. Il halète, il transpire, il entend le pas des policiers qui se rapprochent. Une main se crispe sur son épaule. C'est fini.

Il voit la suite dans un cauchemar : le départ d'un policier, l'autre debout à côté de lui. Un homme de petite taille, trente-cinq ans, énergique, précis et même un peu pointu. Il attend sans doute la voiture du commissariat. Soudain, les yeux du policier s'arrondissent et, foudroyé, il s'écroule sur le trottoir. Et l'homme s'enfuit de nouveau, son revolver encore fumant dans la main. Le don Juan maître chanteur est devenu assassin.

Chez les Anglais, la loi c'est la règle d'un jeu. On respecte la loi, comme on respecte la règle du bridge ou des échecs. Il est inconcevable de sortir une arme pour discuter d'un point de règlement. Aussi les bobbies ne sont-ils pas armés, et de ce fait, l'assassinat d'un bobby en Angleterre est un crime impardonnable. Et le fait de tuer un policier pour se soustraire à une arrestation relève de la peine capitale.

Celui qui est allongé sur le trottoir, le sergent Purdy, laisse une veuve et trois enfants. L'Angleterre tout entière se révolte, et dix-sept mille policiers sont lancés sur le meurtrier. L'homme à arrêter, l'homme à abattre s'il tente de fuir. Mais pourra-t-on l'identifier ? Car les passants qui ont assisté au meurtre sont bien indécis : « Environ trente ans, ont-ils dit, mince, cheveux châtains, lunettes bleu-noir à l'américaine, veston et pantalon sport gris clair, chaussures en daim. » C'est vague pour retrouver un homme dans la foule immense de Londres.

D'ailleurs, l'homme est à l'abri. Les persiennes closes maintiennent dans une chambre du troisième étage du Claremont Hotel une pénombre fraîche. L'air sent le tabac blond. Des journaux s'étalent sur la table, autour d'un vase vide et d'un cendrier débordant de mégots. Aux murs, le portrait d'un joueur de golf en veste jaune, suivi de son « caddy » coiffé d'un chapeau noir. Sur la cheminée, une brosse, un peigne, des flacons et un verre où reste encore un peu d'eau minérale.

L'homme est allongé tout habillé en travers du lit. Il ouvre les yeux, regarde sa montre. Il est cinq heures. L'heure où les Londoniens envahissent les jardins de Kensington pour le thé traditionnel. Mais, ici, au bout de Queen's Gate, le Claremont Hotel est empli de silence, à part la radio que l'homme écoute en sourdine et sans arrêt depuis qu'il s'est réfugié dans cette chambre. La radio qui, bien entendu, a tenu le public au courant, presque minute par minute, des circonstances de son crime, des débuts de l'enquête et des premiers pas de la chasse à l'homme.

L'homme chassé apprend ainsi que l'on a trouvé une empreinte de la paume de sa main droite sur le combiné de la cabine téléphonique et quelques empreintes aussi sur les montants de la porte. Et puis, surtout, on a retrouvé un petit répertoire téléphonique. L'imbécile ! Il l'avait à la main et bêtement l'a posé... pour glisser la monnaie dans la fente. Il est vrai qu'il n'en est plus à une stupidité près. Depuis l'instant où il a aperçu les deux policiers qui le regardaient, c'est comme s'il avait perdu l'esprit. Il ne sait plus ce qu'il fait.

L'homme se lève et porte la main à sa gorge. Il étouffe. Le souvenir de cet instant lui revient comme un ressac. Il est devenu un assassin. Il a tué un policier. Le père de trois enfants. Il sera pendu. Son seul espoir est qu'on ne puisse pas l'identifier. Mais il y a ce carnet rouge...

Le petit agenda de cuir rouge est la pièce maîtresse de l'enquête que mène la police londonienne. Dix-sept mille policiers espèrent que Scotland Yard va trouver dans ce petit carnet les moyens d'identifier l'assassin. Les limiers de Scotland Yard l'épluchent soigneusement. Ils interrogent chaque personne dont le nom figure à l'intérieur. Et il y a de tout, y compris le numéro de téléphone de quelques bars de Soho, le quartier des truands. Un barman suggère :

« Ma foi, ça pourrait bien être le carnet de Mike Colado.

— Qui est-ce ?

— Colado ? Un Américain, je crois, un peu vantard, qui flanquait la trouille à tout le monde parce qu'il se trimbalait avec un revolver. »

Un Américain... Un Américain... Les gens de Scotland Yard dressent l'oreille. Il y a dans le petit répertoire les noms de plusieurs Canadiens français. Et si c'était un Canadien français ? Voilà qui expliquerait cet accent bizarre. Aussitôt une escouade de policiers, spécialement armés, fouille de fond en comble, à Southampton, le paquebot *Saxonia* en partance pour le Canada. Tous les membres de l'équipage et les cinq cents passagers sont passés au crible. La même opération est effectuée à Liverpool à bord du navire *Sylvania* qui embarque aussi des passagers. Des policiers armés surveillent les appartements londoniens dont les numéros de téléphone sont relevés dans l'agenda rouge.

Et, surtout, Scotland Yard, par son bureau londonien d'Interpol, entre en rapport avec Interpol à Paris et Interpol à Ottawa, au Canada : « Vous envoyons d'urgence empreintes digitales d'un homme présumé Canadien français, recherché pour le meurtre d'un policier le 13 juillet 1959. Pouvez-vous l'identifier ? »

A l'époque, la liaison photo-télégraphique, qui relie aujourd'hui les bureaux d'Interpol de Londres et de Paris, n'existait pas encore. C'est donc au Bourget, quelques heures plus tard, que les photos d'empreintes sont réceptionnées par un motard.

Les empreintes du meurtrier sont comparées avec celles figurant dans le fichier dactyloscopique, où il s'en trouve d'exactement semblables : celles d'un dénommé Günther Podola, né le 8 février 1929 à Berlin, fils unique de Werner Podola, barbier, et de sa femme Elisabeth Podola, emballeuse dans une usine. Il est célibataire, mais père d'un enfant de huit ans qui porte son nom.

On cherche au service de la documentation criminelle s'il existe un dossier plus complet au nom de ce Günther Podola, et c'est un dossier déjà épais que l'on transmet à la police britannique.

D'abord, un message de la police montée canadienne adressé le 17 mai 1957 au bureau d'Interpol de Wiesbaden, en Allemagne. Elle communiquait les photos et les empreintes digitales d'un dénommé Günther Podola arrêté pour plusieurs vols avec effraction et condamné à deux ans de prison, qu'il effectuait au pénitencier de Saint-Vincent-de-Paul. Günther Podola ayant émigré au Canada en

1952 avec un passeport allemand, la police montée demandait s'il était fiché en Allemagne comme malfaiteur.

Wiesbaden a répondu : « Non, ces empreintes ne sont pas dans les collections dont dispose à Berlin-Ouest la police fédérale. » Le 29 août 1958, la police montée canadienne signalait à Interpol de Wiesbaden que Podola venait d'être libéré et réexpédié en Allemagne à bord du navire le *Seven Sea,* qui avait quitté Montréal le 25 juillet 1958.

Le gérant du Claremont Hotel procède, comme d'habitude, à la distribution du journal : le *Daily Mail.* Le gérant frappe à la porte de la chambre 15. L'occupant de cette chambre, qu'il connaît sous le nom de Paul Camay, ouvre sa porte, prend le journal et remercie. Le gérant a remarqué qu'il est très peu sorti durant les dernières quarante-huit heures. Il n'est pas encore rasé, et il a l'air fatigué. A part cela, rien que de très normal.

Dans sa chambre où les persiennes sont encore fermées, l'homme, pâle, les mains tremblantes, déplie le *Daily Mail.* Une phrase s'étale sur toute la largeur de la page : « Le meurtrier du policier Purdy identifié : Canadien, d'origine allemande, il se nomme Günther Podola. »

Günther Podola ! Mais comment ont-ils su si vite ! Comment ont-ils connu son nom si vite !

Podola ! Il ne voit plus que ce nom, maintenant... Il sent la sueur lui mouiller le front. L'angoisse le paralyse. Podola ! Podola ! Ce nom seul surnage, tourne dans sa tête, lui martèle les tempes jusqu'à la douleur. Alors, il déchire le journal et le jette en boule sur le tapis. Puis, de nouveau abattu, se laisse tomber sur une chaise, ferme les yeux, immobile.

Renversé sur le dossier dans une demi-inconscience, l'homme attend la fin de son cauchemar.

Pas à pas l'enquête progresse. Identifier un homme et posséder son signalement ne veut pas dire qu'il est arrêté. Le mieux est encore d'avoir sa photo... A la demande du secrétariat général d'Interpol, Wiesbaden envoie la photo de Podola et un complément d'information.

Podola, issu d'une famille respectable et travailleuse, possédait une intelligence au-dessus de la moyenne et un caractère affable. Son avenir était donc très prometteur. Malheureusement, Hitler envahit la Pologne et son père meurt à Stalingrad. Podola connaît alors la vie de jungle du Berlin d'après la guerre : marché noir, petits tripotages divers. Il noue une intrigue avec une amie d'enfance, Ruth, et en 1951 ils ont un fils, Micky, mais les parents de Ruth refusent le mariage.

En 1952, il émigre au Canada et décide de refaire sa vie. Employé dans une ferme, il est remercié pour avoir terrorisé une petite fille qui lui avait envoyé un jet de pistolet à eau. Il fait divers métiers à Montréal. Connaît une

Allemande et tente de lui voler ses bijoux. Condamné après divers méfaits, il est extradé et navigue sur le *Seven Sea* jusqu'à Brême, puis de là se rend à Stuttgart, Düsseldorf et enfin Londres où il obtient un visa de trois mois. L'enquête progresse toujours pas à pas. Scotland Yard a vite fait de reconstituer le reste : comment le mauvais garçon, sous le nom de Mike Colado, est devenu un habitué des clubs de Soho où il s'exhibait avec un revolver. Comment il est devenu cambrioleur jusqu'au jour où il vint, pour son malheur, visiter l'appartement de l'actrice Joan O'Hara. Mais l'histoire de Günther Podola vient à peine de commencer.

Dans la petite chambre du Claremont Hotel, les persiennes sont depuis quatre jours fermées. L'homme y végète. Sans manger, en fumant et en buvant de l'eau. Pendant ces quatre jours, l'homme vit dans l'antichambre de la mort, en proie à une tension terrible qui explique la suite de l'histoire.

Pendant ces quatre jours, terré dans cet hôtel pour échapper aux dix-sept mille policiers chargés de le capturer coûte que coûte, il n'oublie pas une seconde que c'est la corde qui sanctionnera son geste. Son nom connu, ce n'est plus maintenant qu'une question d'heures, de minutes peut-être.

Partir serait absurde. Son signalement est depuis longtemps communiqué aux ports et aux aérodromes. Alors, il ne reste plus qu'à attendre. Car, grâce à la radio, l'homme sait tout. Il sait que sa photographie vient d'arriver à Londres, qu'elle est distribuée aux dix-sept mille policiers qui le recherchent. Il sait que ce matin les journaux l'étalent sur tous les kiosques de Piccadilly à Soho.

Il écoute le bruit des pas dans le couloir sonore, le tintement de la porte d'entrée, le déclic de la minuterie dans l'escalier. Pourquoi n'arrivent-ils pas ? Il n'en peut plus de cette attente épuisante qui le rend fou.

Un groupe de policiers, dirigé par l'inspecteur Vibart, vient d'entrer dans Claremont Hotel. Leur mission est de passer discrètement au crible les registres des hôtels. Ils le font sans conviction, car à Scotland Yard on commence à craindre que Podola se soit déjà réfugié en Allemagne orientale où vit sa mère. Soudain, l'inspecteur tombe en arrêt : dans le registre que tient le gérant... la signature d'un certain Camay, chambre 15. Canadien, arrivé à l'hôtel il y a trois semaines.

L'inspecteur demande des renforts et des chiens policiers qui cernent l'hôtel. Puis il demande au gérant de s'assurer, en frappant à la porte du n° 15 au troisième étage, que Marius Camay est bien là.

Dans la chambre aux persiennes fermées, le déclic de la minuterie a fait tressaillir l'homme traqué. Des pas se rapprochent dans le couloir. Il se dresse d'un bond sur sa chaise.

« Qui est-ce ? »

Il entrouvre la porte, puis le gérant de l'hôtel sourit :

« Ne vous dérangez pas. Je venais voir si on avait fait le lit. »

L'homme respire. Il est en excellents termes avec le gérant, et d'ailleurs sa fiche d'hôtel porte le nom de Camay. Il décide de s'allonger de nouveau sur son lit. Il pose ses chaussures, s'affale sur le couvre-lit, allume une nouvelle cigarette et pousse la radio. Une musique douce emplit la chambre. Il ferme les yeux. Il a un peu moins peur.

Le gérant, redescendu, dit à l'inspecteur Vibart :

« Il est là, il a l'air tranquille. Il est en manches de chemise. Il écoute la musique à la radio. »

L'inspecteur Vibart monte les trois étages et se précipite, sans attendre, sur la porte n° 15 pour l'enfoncer. N'y parvenant pas, il frappe :

« Police ! Ouvrez. »

Pendant quinze secondes, rien ne se passe. Immédiatement, le sergent Chambers, un costaud, enfonce la porte qui sans résistance s'ouvre brutalement. A cet instant, Chambers voit la porte frapper le visage de Podola l'envoyant à travers la chambre. Podola heurte le bras du fauteuil et s'écroule finalement sur le sol, la tête dans la cheminée.

Chambers, qui fait cent kilos, se jette de tout son poids sur Podola au moment où celui-ci commence à se défendre. Les autres policiers immobilisent ses mains, ses pieds et le fouillent sans rien trouver. Chambers, ayant remarqué qu'il saigne un peu au niveau de l'arcade sourcilière, lui demande de se tenir tranquille. Podola continue encore de lutter et de se débattre, puis s'immobilise brusquement. Chambers écrase Podola pendant trois ou quatre minutes, avant de s'apercevoir qu'il est inconscient, et va l'asseoir sur le lit. Podola, assis au coin de son lit, n'est capable de se remettre sur pied qu'après que les policiers lui ont passé de l'eau sur le visage. L'arcade sourcilière saigne encore, et l'œil gonfle rapidement. Cependant, les policiers notent que Podola suit leurs mouvements de son œil droit valide. Alors ils lui ligotent les mains derrière le dos et vérifient qu'il ne cache pas de lames de rasoir dans ses chaussettes.

Mais Chambers remarque un tremblement bizarre, surtout des mains, comme s'il avait froid. Il lui fait donner une couverture. Pour tester son état, les policiers le font marcher autour de la pièce en le soutenant et constatent que le tremblement persiste.

Ayant néanmoins jugé que Podola peut se déplacer, ils le font sortir de l'hôtel et, en raison de la présence de nombreux journalistes, lui recouvrent la tête avec sa veste pour éviter une identification prématurée. Podola est conduit au commissariat de Chelsea.

C'est du moins la version que donnera la police. Au commissariat, où il reste six heures, Podola ne peut pas être inculpé, car le médecin de la police constate l'impossibilité de communiquer avec lui, et puis on n'a pas trouvé le revolver avec lequel il a tué. Il est donc envoyé dans un hôpital.

D'après le docteur Harvey qui l'examine, Podola ne présente pas, à première vue, de dégradation sensible du système nerveux, mais semble dans un profond état de choc. Il refuse de manger. Toutefois, les policiers qui le gardent notent qu'il semble conscient de ce qui l'entoure.

Radio du crâne : pas de fracture. Ponction lombaire : liquide céphalo-rachidien contenant un peu de sang. Le docteur Harvey en conclut que le cerveau a été légèrement touché, mais de façon nullement irréversible.

Seulement, la presse s'intéresse de très près à cette arrestation. Les uns suggèrent que Podola aurait été passé à tabac par les policiers qui voulaient venger leur camarade ou bien mordu par un des chiens policiers. Mais Chambers affirme que les policiers n'avaient pas de matraque, qu'aucun d'eux ne s'est servi de son arme et que le chien policier n'est entré dans la chambre que bien après et qu'il a été maintenu près de la fenêtre.

Le lendemain, l'arme du crime est trouvée

dans le grenier de l'hôtel, où Podola l'avait cachée. Le 19 juillet, l'état de Podola s'améliore ; il demande pourquoi il se trouve à l'hôpital. Le docteur Harvey en conclut que sa perte de mémoire n'a pas été feinte. Podola demande aux policiers qui le gardent le jeu de cartes et joue normalement avec eux. Il joue même aux échecs et avoue qu'il y joue depuis son enfance.

Mais les journaux prétendent que, lorsque l'avocat retenu pour Podola se présente à l'hôpital, on lui montre un certificat médical disant que Podola n'est pas encore prêt à être interrogé. Le *Daily Express* écrit que Podola délire durant son sommeil et souffre le martyre. Le 20 juillet, le docteur Harvey annonce à la police que Podola peut être interrogé. Qu'il peut comprendre la nature de l'accusation retenue contre lui, mais que la valeur de son témoignage est encore incertaine en raison d'une amnésie portant sur les événements qui l'ont conduit à l'hôpital.

Le cas de Podola présente donc des caractéristiques sans précédent. Peut-on juger un amnésique sur un crime dont il ne se souvient pas ? Mais est-il vraiment amnésique ? Les experts sont partagés. Docteur Ashby : amnésie réelle. Docteur Leich : amnésie feinte. Docteur Brisby : amnésie feinte (mais le cas le plus difficile jamais vu). Docteur Larbin : amnésie réelle. Docteur Edward : amnésie réelle.

Le procès va cependant tourner au désavantage de Podola. Son amnésie ne sera pas admise, car elle porte sur toute sa vie, mais strictement et uniquement sa vie. Les spécialistes appellent « la belle indifférence » cette amnésie dans laquelle le sujet oublie sa vie simplement parce que ça l'arrange ou parce qu'elle lui déplaît.

Le bel indifférent sera pendu haut et court, après avoir légué sa fortune à la veuve de sa victime : 6 shillings et 6 pence.

TRENTE-SIX CADAVRES PLUS UN

Un riche fermier japonais, l'un de ces Nippo-Américains qui exploitent au sud de la Californie des propriétés immenses où ils cultivent surtout des fruits, se promène un samedi matin dans son ranch.

Avec son chien, il inspecte la qualité du travail accompli la veille par des ouvriers agricoles, spécialement engagés pour la cueillette des pêches. Satisfait, il remonte dans sa voiture et roule quelques instants le long de la Feather River. Le paysage est si beau que les cinéastes viennent quelquefois y tourner des films.

La piste s'engage maintenant dans un verger où des milliers de pruniers fleurissaient il y a quelques semaines. Nouvelle halte, et le chien saute par-dessus la portière. Le fermier le suit des yeux, car l'animal est parti comme une flèche vers un petit amoncellement de terre fraîchement remuée.

Le fermier s'approche, c'est un trou rectangulaire, et vide.

Goro Kagehiro, fermier, saisit son chien par le collier et l'entraîne vers sa voiture pour reprendre son inspection.

Le ranch est immense. Ce n'est donc que trois heures plus tard que, repassant au même endroit, le fermier a l'idée de jeter à nouveau un coup d'œil sur le trou, car il lui est venu à l'idée qu'il avait une forme de tombe... Stupeur du fermier. Le trou vient d'être comblé. Y aurait-on par hasard enterré quelque chose ?

Tandis que son chien explore les environs, Goro Kagehiro sort de sa malle arrière une pelle-pioche, la déplie et commence à creuser. Après quelques pelletées, l'outil heurte ce qu'il croit être une racine. Mais c'est un orteil, et qui semble tenir solidement à un pied, lequel doit tenir solidement à une jambe ; et ce n'est pas pour une seule jambe que l'on a creusé un trou aussi grand !

Deux heures plus tard, le shérif de Yuba City, la ville la plus proche, sort donc un cadavre du trou : celui d'un Blanc. Sa chemise, retroussée, recouvre la tête ensanglantée. Les bras sont repliés sur la poitrine, dans une attitude de prière ou de supplication. Le dessus du crâne a été atrocement déchiqueté, probablement à coups de couteau de boucher ou de machette, ce long et lourd couteau à tout faire, à la fois arme et outil, dont se servent les Mexicains pour se frayer un chemin dans la forêt. Selon les premières constatations, le meurtre a été commis quarante-huit heures plus tôt.

Nous sommes au mois de mai 1971, et à l'origine du plus extraordinaire carnage sur lequel ait dû enquêter la police américaine ; et c'est un aspect ignoré de l'Ouest américain, qui jette une lumière crue sur toute une population californienne dont le sort était en 1971 — l'époque la plus fastueuse — à peine plus enviable que celui de la grande crise ou des « raisins de la colère ».

Quatre jours après la découverte du cadavre, un autre fermier, voisin du premier, remarque dans son verger un monticule de terre fraîchement remuée. Immédiatement, il pense à la macabre découverte faite tout près de chez lui. Il a raison.

L'homme est couché sur le dos, les mains jointes sur la poitrine comme dans un geste de prière ou de supplication. Sa chemise est ramenée vers le haut, cachant le cou et le visage. Il porte des blessures d'arme blanche à la poitrine et à la nuque, et c'est la blessure à la nuque qui a provoqué la mort. Un coup violent d'un instrument aigu, du genre machette ou couteau à dépecer de boucher.

Le lendemain lundi, le shérif effectue des recherches autour de l'endroit où fut découvert le premier cadavre.

Toujours le long de la rivière, à quelque trois cents mètres de la première tombe, les policiers trouvent un autre trou fraîchement comblé. Le propriétaire de ce terrain déclare à la police qu'il a découvert ce trou il y a un mois environ. Il était vide. Il le laissa tel quel pendant une semaine environ, puis, craignant que son tracteur ne tombe dedans par inadvertance, il décida de le combler.

Poursuivant leurs recherches, les policiers trouvent le mardi un autre cadavre dans une tombe sommaire. Ils entreprennent alors une fouille méthodique des deux bords de la rivière Feather.

Roy Whiteaker, le shérif, n'était pas tellement mécontent de sortir son premier cadavre des vergers de la Feather River. Cela le changeait un peu du train-train de Yuba City. Il a passé au Miror son étoile de shérif, fait laver sa voiture et donné sa première conférence de presse.

Mais le deuxième cadavre lui a fait froncer les sourcils. Ce n'était pas une petite affaire, et les journalistes le pressaient de questions ; il ne s'agissait plus de poser pour la postérité, mais de résoudre une énigme.

La troisième tombe vide l'a pour ainsi dire angoissé, car elle laissait à penser qu'il y avait d'autres crimes en préparation. Il fallait donc faire vite. Au troisième cadavre, la panique s'est emparée du shérif.

Travaillant même après le coucher du soleil, durant toute la nuit de mardi, à la lumière des projecteurs et malgré une pluie battante, il découvre avec ses hommes deux nouvelles tombes sommaires et une autre dans la matinée du mercredi. Toutes les victimes ont été tuées de la même manière, d'un coup violent à la nuque ; toutes portent des blessures à la poitrine et ont été enterrées sur le dos, les mains jointes.

Aucun des cadavres, bien entendu, n'a été enterré avec ses papiers d'identité. Et les enquêteurs se répandent dans la région en montrant des photos pour essayer de les identifier, mais ils sont tous inconnus.

« Alors ? Alors ? demandent les journalistes.

— Alors... on enquête, répond le shérif.

— Et vous n'avez encore rien découvert ?

— Si. L'un d'eux avait dans la doublure de son gilet une lettre qui semble avoir été écrite par une femme. Et la lettre venait du Mexique. D'ailleurs, c'est le seul qui avait le physique d'un Mexicain. Tous les autres sont des Blancs.

— Et alors ? demandent les journalistes.

— Et alors, nous avons prévenu Interpol. On attend la réponse.

— Et, pendant ce temps-là, les crimes continuent peut-être ?

— Qu'est-ce que vous voulez que j'y fasse !

répond le shérif. Je cherche. Je cherche. Je cherche. »

Pour le moment, il faut bien reconnaître que le shérif ne cherche que des cadavres. Pour cela, il a recruté des volontaires qui creusent sur une longueur de six kilomètres, de jour et de nuit, de chaque côté de la rivière. Ils sont munis de masques et fument de gros cigares pour lutter contre l'odeur pestilentielle. Et ils trouvent encore quatre tombes.

Tous les cadavres découverts sont enterrés sommairement, à environ 1,50 mètre de profondeur, dans la terre meuble des rives.

Les tombes sont éparpillées sur une distance d'à peu près 2,500 kilomètres, dans un cadre bucolique, au milieu d'arbres fruitiers au feuillage luxuriant en cette période de printemps. Il est probable, selon les médecins légistes, que ces crimes s'étagent sur une période d'environ six semaines.

On se perd en conjectures sur les motifs de cette horrible série de crimes, aussi bien dans les locaux du shérif affairé qu'aux plus hautes instances du gouvernement de la Californie et dans la presse, qui harcèle littéralement le malheureux Roy Whiteaker sur le trottoir devant son bureau :

« Alors ? Alors ? Alors ?

— Alors, on a fait un grand pas, déclare le shérif. Interpol nous a répondu à propos du cinquième cadavre, celui du Mexicain. D'après sa famille, il s'agit d'un type qui a passé la frontière clandestinement pour venir travailler comme ouvrier agricole saisonnier chez nous. »

Les journalistes ouvrent toutes grandes leurs oreilles. Ils sentent venir quelque chose de « juteux ».

« Ouvrier agricole. Les autres aussi ?

— Sans doute. Des pauvres types qu'on engage à la journée, le temps des cueillettes. C'est pour ça qu'on ne les connaît pas.

— Mais généralement ce sont des Mexicains. Alors comment se fait-il que sur dix cadavres on ait trouvé neuf Blancs et un seul Mexicain ?

— Ça, on ne sait pas encore. On travaille, les amis. On travaille », répond le shérif en sueur et les yeux hors de la tête. Il poursuit :

« Pour le moment, ce qu'on sait... c'est que tous les autres cadavres sont des hommes blancs d'âge moyen. Deux seulement ont pu être identifiés jusqu'à présent : Kenneth Edward Whitacre, quarante ans, originaire d'Alameda en Californie, et l'autre Sigrid Emil Boierman, soixante-trois ans, de Marysville, en Californie également. Ce dernier avait été porté disparu depuis un mois environ. L'un et l'autre sont des ouvriers agricoles saisonniers.

— Est-ce que vous pensez trouver encore des tombes ? »

Le shérif regarde la meute de journalistes. Il les sent vraiment comme des loups prêts à le dévorer. Il faut leur jeter d'autres cadavres. Mais heureusement il en a.

« Oui, dit-il. Nous allons en trouver d'autres. Et beaucoup.

— Combien ? »

Le shérif observe un long silence. Il semble calculer mentalement.

« Entre vingt et trente.

— Comment le savez-vous ?

— Nous utilisons des procédés employés au Vietnam : un avion qui prend des photos infrarouges et des détecteurs électroniques qui révèlent la présence d'objets métalliques, boutons, boucles de ceintures, d'autres signalent des vides sous la terre. Comme la pluie qui tombe maintenant risque d'aplanir le sol, nous avons pris des repères fixes, par exemple des arbres situés auprès des endroits suspects, ou bien on a planté des fanions. Pour certains endroits qui sont inondés, il faudra attendre la décrue. C'est tout ce que je peux vous dire. »

Conscient d'avoir réussi à couper le souffle aux journalistes, qui le regardent éberlués, le shérif saute dans sa voiture.

C'est tout ce que le shérif peut dire, mais, dès le lendemain, ce n'est plus suffisant. Tous les journaux des États-Unis ont envoyé leurs correspondants ainsi que les agences de presse du monde entier. Et chacun découvre que ce carnage révèle la condition des ouvriers agricoles itinérants de Californie.

Vivant dans des conditions incroyables de

misère, n'emportant avec eux qu'un balluchon, sans contact avec leurs familles, ces émigrés, en majorité mexicains, vont d'une exploitation à l'autre, méprisés par les Américains, brutalisés par la police.

Dans les rangs de ces « bruns », les Mexicains, ou les « Chicanos » comme on les appelle en Amérique, se glissent des Noirs et aussi des « petits Blancs ».

De véritables sergents recruteurs se sont installés dans les régions agricoles de Californie. Ce sont des Mexicains auxquels s'adressent les fermiers. Leur tâche est de fournir la main-d'œuvre et de la payer. Ils gardent, bien entendu, un solide pourcentage.

Évidemment, les regards se tournent vers ces derniers. Est-ce l'un de ces agents recruteurs qui les tuerait à coups de machette et de poignard pour éviter de les payer après la cueillette des fruits ou des légumes ? Serait-il, comme semble l'indiquer le pantalon baissé des victimes, un criminel sexuel et sadique qui les enterrerait dans les vergers mêmes où il les fait travailler ? Croirait-il commettre des crimes parfaits sous prétexte que les disparus sont pour la plupart des clochards alcooliques, illettrés et sans famille pour s'inquiéter de leur sort ?

De toute façon, il s'agit d'un nouveau scandale relatif au trafic d'ouvriers agricoles, et l'affaire a des répercussions à l'échelle nationale. Le pauvre shérif est abruti de questions.

« Alors ? Alors ? Alors ? demande la presse.
— Alors ? Alors ? lui demande le gouverneur de Californie.
— Alors ? Alors ? » demande une voix sévère venue de la Maison-Blanche.

Alors, le shérif Roy Whiteaker, qui déterre trois cadavres par jour, a bien une idée. Mais ce n'est encore qu'une idée vague, et il hésite à la rendre publique. Il s'en est ouvert au procureur qui lui a conseillé de rester prudent. Sur l'un des cadavres, on a trouvé un bulletin de salaire signé par l'un de ces agents recruteurs, un dénommé : Juan Corona. Il s'agit d'un Mexicain de trente-sept ans, père de quatre fillettes, sur lequel on ne recueille que d'excellents renseignements. Il semble traiter les ouvriers agricoles qu'il recrute aussi bien que possible. Croyant, fréquentant assidûment l'église, il ne fume pas, ne boit pas. C'est un petit brun trapu à l'air décidé et franc. Le shérif hésite à mener auprès de lui une enquête trop voyante... Mais il arrive à savoir d'une manière détournée que Juan Corona, soupçonné de schizophrénie, a été interné trois mois en 1956 et qu'il est réputé pour la violence de ses colères. Des empreintes des roues de sa camionnette ont été relevées à proximité de certaines tombes, et des voisins se sont étonnés de ce que, depuis quelques semaines, il sortait beaucoup la nuit. Cette fois il faut l'interroger.

« Je suis coléreux, d'accord, mais je suis

croyant et je ne ferais pas de mal à une mouche ! Quant aux crimes sexuels sur de pauvres types âgés de cinquante à soixante-cinq ans, vous me faites rire ! Et c'est normal que vous trouviez les empreintes de ma voiture dans les vergers, c'est moi qui dépose les ouvriers agricoles à leur travail. Et, si je sors beaucoup la nuit, c'est que depuis quelque temps je suis insomniaque. »

Mais les soupçons du shérif étant venus aux oreilles de la presse, Juan Corona risque d'être lynché par la foule, et Roy Whiteaker pense que le mieux est de le fourrer en prison.

« Ce que je crains le plus, dit Juan Corona, c'est ce que vont penser mes enfants quand ils vont apprendre tout ça à la télévision. Vous portez une grave responsabilité, shérif... »

C'est vrai, le malheureux shérif en est littéralement accablé. S'il s'est trompé, si Juan Corona n'est pas coupable, il ne lui reste plus qu'à changer de métier. Pour le moment, sans recueillir de preuves formelles, les soupçons du shérif se confirment. Les parents de Juan Corona admettent que, lorsque celui-ci est en colère, il est sujet à de véritables crises. Il est extrêmement robuste, et ses crises sont si violentes que pour éviter les accidents, il leur arrive de le ligoter.

Une perquisition chez lui permet de découvrir une machette portant des traces de sang humain, un couteau également ensanglanté, une barre de fer sur laquelle sont restés collés des cheveux.

Enfin, on retrouve sur le registre où il inscrivait le nom de ses ouvriers celui de quatre des victimes.

Mais une chose continue de troubler le shérif : pourquoi les trente-six cadavres — car on en a maintenant déterré trente-six — sont-ils tous des Blancs, sauf un, alors que ses malheureux ouvriers, dans leur immense majorité, étaient des Mexicains ?

Quelques jours plus tard, voici la thèse finale qu'offre la police aux journalistes :

Vers la fin de mars 1971, Juan Corona s'est présenté au bureau d'aide sociale aux familles. Ses affaires vont mal, surtout depuis que la mécanisation raccourcit le temps de l'embauche. En outre, la constitution récente des ouvriers agricoles en syndicats a réduit considérablement les bénéfices des recruteurs, le syndicat des ouvriers agricoles traitant directement avec les grands propriétaires terriens.

« J'ai droit à 260 dollars (1 430 francs) d'aide sociale, explique Corona dans son anglais difficile à l'accent mexicain, car j'ai quatre enfants et je n'arrive pas à joindre les deux bouts.

— Non, objecte l'employé de l'Administration. Pour être secouru par l'assistance sociale, il faut que les avoirs du chef de famille soient inférieurs à 600 dollars (3 300 francs). Or, ce n'est pas votre cas. Votre demande est donc refusée. »

Corona fulmine :

« Vous agissez ainsi avec moi parce que je suis mexicain. Si j'étais blanc, vous m'aideriez. »

Sa rage est telle que l'on est obligé de le jeter dehors.

Corona regagne, furieux, les vergers de la Feather River pour lesquels il a recruté vingt-cinq ramasseurs mexicains. Il continue à s'occuper d'eux assidûment, fraternellement.

Toutefois, à ses heures de liberté, on voit Juan Corona entrer en contact avec des travailleurs blancs, anglo-saxons, de pauvres bougres buvant leur paie dans des bistrots de la région. Ils s'entendent poser par Juan Corona des questions inhabituelles :

« Vous venez de loin ? Vous n'avez pas de famille ? Pas d'amis dans la région ? »

Peu après, ces vagabonds disparaissent de Yuba City. Comme la plupart sont des anonymes ou seulement connus sous un sobriquet, personne n'est surpris que leur humeur les ait entraînés ailleurs.

En réalité, Corona s'est vengé sur eux de l'humiliation subie au bureau d'aide sociale. A coups de machette, de cric en bois, de couteau retrouvés à son domicile, il a exécuté l'un après l'autre ces « petits Blancs » haïs...

Juan Corona défonce le crâne de ses victimes et les achève en les poignardant. Puis il les dépouille de leur modeste pécule et transporte les corps dans sa camionnette maculée de sang jusqu'au ranch de la Feather River.

L'affaire, cependant, n'est peut-être pas close. Corona, personnalité étrange, dont la foi catholique n'est pas dépourvue de mysticisme, nie toujours vigoureusement. Et, lorsque le procès s'ouvre en octobre 1972, une partie de l'opinion (notamment celle des Mexicains) semble s'être retournée en sa faveur.

Après un an et demi de prison et deux crises cardiaques, il apparaît calme et serein à l'audience. Il semble, en fait, que les indices relevés contre lui soient très faibles.

L'accusation est, certes, en mesure de faire valoir une série de preuves matérielles : traces de sang sur certaines affaires et certaines armes appartenant à Juan Corona ; traces des pneus de sa voiture dans le voisinage de plusieurs tombes, etc.

Mais l'avocat de Juan Corona n'a pas de mal à faire ressortir les faiblesses et les erreurs du travail effectué par la police. Celle-ci, il est vrai, a été prise de panique en raison même de l'importance de l'affaire et de la publicité qui lui a été donnée.

L'accusation en sera ébranlée mais non vaincue. Le faisceau de présomptions réunies par les enquêteurs paraîtra suffisant aux jurés qui rendront finalement un verdict de culpabilité. Mais, la peine de mort ayant été déclarée inconstitutionnelle en Californie, Corona sera condamné à la prison à vie.

Mais il n'a jamais avoué. On ne saura donc jamais pourquoi il avait tué aussi l'un de ses frères de race...

Trente-six Blancs pour se venger, plus un Mexicain, c'est bizarre. Mais là-dessus le shérif n'avait aucune idée, et le jury californien non plus. Un Mexicain, ça ne compte pas.

UN HOMME QUI FAIT PEUR

LE 8 juin 1946, une sorte d'homme invisible parcourt les trottoirs mouillés du centre de Londres. Invisible, car les gens le croisent sans le remarquer tant il est insignifiant et ordinaire. Pourtant, ce petit homme grassouillet, qui marche les mains profondément enfoncées dans son imperméable, se lance dans une aventure peu commune. Des gouttes coulent de ses cheveux roux jusque dans son cou. Le bas de son pantalon est imbibé d'eau, et, lorsqu'il sera parvenu à Chester Square, il sera complètement trempé. Il se rend à Chester Square, car c'est là que va demeurer le roi George II de Grèce.

La pluie mouille complètement ses lunettes, de telle sorte que les passants (s'ils le voyaient) ne pourraient même pas rencontrer son regard. Il marche sans se presser, et pourtant dans quelques instants il va tuer.

Il est six heures. Il fait encore grand jour. Les nuages courent sur Londres en troupeaux, et, chaque fois que le soleil se glisse entre deux averses, les trottoirs fument. Le petit homme grassouillet à lunettes et en imperméable est toujours transparent pour les passants. Tant mieux. Sa médiocrité, pour une fois, lui sert à quelque chose.

Au coin d'un square, pourtant, une jolie petite fille qui joue avec un parapluie regarde ce drôle de petit bonhomme. Alors il se sent inquiet : si on l'interrogeait, cette petite fille saurait-elle le reconnaître ?

Les rues succèdent aux rues. Sur une place, un policeman laisse son regard errer sur lui un moment, puis s'en détache pour observer trois militaires qui traversent en dehors des clous.

Le petit homme grassouillet caresse dans la poche de son imperméable l'acier du revolver automatique de calibre 32. Il l'a acheté il y a seulement trois jours, mais il l'a bien en main. Il sourit méchamment en pensant combien il lui sera facile de le sortir, d'appuyer sur la gâchette et de partir.

Il se demande comment elle va mourir ? Quelle expression aura son visage ? L'étonnement sans doute. La terreur ou le remords. Peut-être enfin le respect. Et c'est bon d'imaginer cet instant. Cette femme, il l'a déjà tuée des milliers de fois en pensée. Car des milliers de fois elle lui a laissé comprendre qu'il n'était rien pour elle qu'une sorte de fantôme de petit homme grassouillet avec des lunettes, qui se cache dans un imperméable. Mais ce soir, avant de la tuer, il la laissera réfléchir juste un petit moment. Le temps de comprendre qu'il y a des limites au mépris et que, même un homme insignifiant, est avant tout un homme.

Il s'arrête au coin de Eaton Square pour laisser passer un flot de voitures, puis repart le col relevé et les épaules en avant contre la pluie qui redouble. Cette femme, à présent, il la déteste autant qu'il l'a aimée, et c'est la première femme qu'il ait aimée. Elle l'a ruiné sans le faire exprès, car elle pensait que, travaillant chez un bookmaker, il était cousu d'or. Il la comblait de cadeaux, de bijoux et, pour couronner le tout, a pris un risque énorme : il lui a fait de fausses lettres de recommandation pour qu'elle puisse être embauchée comme gouvernante au 45, Chester Square, la maison où va habiter le roi George II de Grèce.

Le petit homme grassouillet avec ses lunettes entre dans Chester Square, où un gentleman, sous un parapluie, promène un chien crotté de boue jusqu'au ventre.

D'après ses renseignements, le roi George II de Grèce et sa suite, qui viennent d'arriver de leur pays en pleine révolution, ne sont pas encore installés au 45, Chester Square. Ils seraient encore au Claridge. Liz, la femme qu'il va tuer, doit donc être seule dans la maison.

Seule comme depuis un mois. Et, depuis un mois qu'elle prépare tout pour l'arrivée du roi, elle refuse de le voir. Mais depuis un mois, vingt fois elle est sortie avec d'autres hommes, notamment ce grand type qui porte un pince-nez, un homme d'affaires de la City.

Certes, l'homme d'affaires au pince-nez a de l'argent, des relations et de la prestance. Lui n'est qu'un petit homme grassouillet à lunettes et en imperméable qui n'impressionne personne. D'habitude, c'est toujours lui qui a peur. D'ailleurs, Liz pense que c'est la seule chose dont il soit capable : avoir peur. Mais ce soir, tout va changer !

Le 45 est un peu plus loin, mais il choisit de refaire un tour de parc : lorsqu'on a pris la décision de se venger, le meilleur moment est celui-là. Lorsqu'elle sera morte, il n'éprouvera plus sans doute cette joie intense. Il faut donc faire durer le plaisir.

Il pleut toujours. Quelqu'un le croise. Une femme en imperméable avec un foulard sur la tête. Elle le regarde à peine, et cela le rassure. De quoi pourrait-elle se souvenir : des petits hommes en imperméable, il y en a des millions à Londres. Enfin, il faut bien gravir les marches du perron du 45, Chester Square. Il le fait d'un pas tranquille et sonne.

Il s'écarte un peu pour que Liz ne devine pas sa silhouette à travers les vitres de la porte bardée de fer forgé. Il n'est pas inquiet. Il est sûr qu'elle va venir. Voici des pas dans le corridor, des pas de femme. Ses pas à elle. Et, rien qu'à entendre ses pas, il l'imagine déjà avant même que la porte ne s'ouvre. Un pâle visage ovale aux traits assez purs, contrastant avec une chevelure abondante et noire, ruisselant sur un tailleur gris très strict.

« Bonsoir, Liz... »

La jeune femme, de quinze centimètres plus grande que lui, le regarde avec inquiétude :

« Que voulez-vous ?

— Je veux vous voir, Liz...

— C'est impossible maintenant. Je dois sortir. »

Manifestement, elle ne se sent pas tranquille. Elle a même un peu peur. Ce ne serait pas désagréable s'il ne s'ajoutait à cela une petite moue, une certaine froideur, bref une touche de dédain. C'est lorsqu'elle prend cet air-là qu'il a envie de la tuer.

« Je veux simplement vous parler, Liz. Et je pense que vous me devez cela.

— Je veux bien vous parler, mais vous savez que c'est de la folie de venir ici !

— Je suis fou ? Mais les autres peuvent venir ! »

La jeune femme a un geste las.

« C'est bon. Si nous devons parler, suivez-moi à la bibliothèque. »

Le petit homme la suit, serrant dans son imperméable l'acier du revolver.

Après de longs couloirs, Liz prend dans la poche de son tailleur une clef et ouvre une pièce sombre. Un grand bureau trône au beau milieu. Elle s'assoit derrière pendant que le petit homme ferme la porte.

« Que voulez-vous ? Qu'est-ce qui peut être assez important pour que vous éprouviez le besoin de venir ici et risquer de tout gâcher ? »

En prenant une mine contrite, le petit homme essuie ses lunettes sur lesquelles la pluie, en séchant, a dessiné des marbrures.

« Vous savez bien pourquoi je suis ici. Il y a des semaines que je ne vous ai pas vue.

— Je pensais que nous étions d'accord là-dessus. Nous en avons déjà discuté, réplique la jeune femme en allumant une cigarette. Vous pensiez comme moi qu'il ne fallait pas qu'on nous voie ensemble. Grâce aux références que vous m'avez fournies, je suis une personne respectable. Vraiment, je suis désolée chéri, mais nous ne pouvons nous voir pendant un certain temps... »

A présent elle lui sourit tendrement, comme pour l'assurer de son amour, et le petit homme reste coi.

« Dc plus, le roi doit venir ici. Nous l'attendons presque à l'improviste. Je vous assure que je vous aurais vu si je l'avais pu. »

Mais le petit homme réagit. Cette comédie, il la connaît par cœur ! Et la colère le reprend.

« Liz, vous m'aimez... bien entendu ?

— Mais oui... répond très vite la jeune femme.

— Alors qui est ce grand type avec un pince-nez ? »

Elle écrase sa cigarette dans le cendrier, un peu troublée.

« C'est une relation sans importance.

— Une relation qui vous fait des cadeaux, je suppose ? »

Elle sourit :

« Je ne peux pas empêcher les hommes de... »

Puis elle se tait et ne sourit plus, car le petit homme grassouillet à lunettes tient un revolver dans sa main. Il y a un clic léger. Le petit homme, du doigt, a déverrouillé le cran de sécurité.

« Et, bien entendu, cette relation sans importance qui vous fait des cadeaux, vous l'attendez ce soir ?

— Mais non...

— Mais si. Seulement, c'est terminé, parce que, ce soir, vous allez sortir avec moi. Pour commencer, vous allez lui téléphoner, lui raconter n'importe quoi pour lui expliquer que vous ne pouvez pas sortir.

— Arthur, jetez cette arme. Je vous assure que ça ne mérite pas ça ! »

Arthur se lance dans un bref discours enflammé : a-t-elle oublié combien il l'aime ? l'argent et les cadeaux qu'il lui a donnés ? ce qu'il a fait pour elle ?

« Non, Arthur, je n'ai rien oublié. Je vous aime. Je n'aime que vous. Je vous le jure !

— Eh bien moi, je vous jure que, si vous ne passez pas ce coup de téléphone, je vous tue !

— Je ne peux pas le joindre. Je n'ai pas son numéro.

— Cherchez dans l'annuaire, et dépêchez-vous ! »

D'un tiroir, la jeune femme a sorti l'annuaire, mais, terrifiée sans doute, elle tourne les pages sans même regarder les noms. Alors la rage s'empare du petit homme grassouillet dont les yeux flamboient derrière ses lunettes. Elle le trompe encore puisqu'elle tourne les pages sans même regarder les noms.

Et elle va lui dire qu'elle ne trouve pas ce numéro de téléphone. Ainsi, alors même qu'il tient un revolver à la main, elle n'a pas peur de lui !

Un seul coup de feu résonne dans la bibliothèque de Chester Square.

Mais Arthur n'a pas le temps de jouir vraiment de cet instant de triomphe. Pendant une seconde seulement, les yeux de la jeune femme se sont agrandis, sa bouche s'est ouverte, d'un petit trou au milieu du front ont perlé des gouttes de sang, mais elle était déjà morte.

Il ne reste au petit homme qu'à écouter le silence, à contempler cette chose inanimée, vêtue d'un tailleur gris, cette tête effondrée en avant sur le bureau dans le tourbillon immobile des cheveux noirs.

Il lui faut un long moment pour se souvenir de son plan. Car il a un plan. Il n'a rien touché, ses empreintes ne sont nulle part. Alors il prend le trousseau de clefs, ouvre soigneusement la porte de la bibliothèque et la referme derrière lui.

Il suit les longs couloirs jusqu'au corridor, où il s'arrête devant une petite table. Il y pose une feuille de papier sur laquelle il a imité l'écriture de sa victime.

Cette note est destinée aux autres domestiques de la maison : « Votre présence n'est pas utile pendant quelque temps. Je vous préviendrai par téléphone ou par télégramme du jour où vous devez revenir. »

Puis il ouvre la porte et disparaît dans la nuit de Londres. Il a réalisé son plan.

La maison de Chester Square est vide. Dans la rue, les gens passent sans s'arrêter. Seuls les domestiques entrent, lisent la note posée sur la petite table et s'en vont. La maison est laissée à son silence pendant quatre jours. La poussière se dépose doucement et rien ne bouge. Personne n'entre dans la maison, hormis, le 12 juin, le petit homme grassouillet aux lunettes et à l'imperméable.

Il a tout simplement fait faire un double des clefs, ce qui lui permet de remettre l'original sur le bureau et de repartir en refermant soigneusement la porte derrière lui.

Comme il a placé le revolver dans la main

de la jeune femme, il est évident que, pour tous, il s'agira d'un suicide.

Le 14 juin au matin, le secrétaire particulier du roi George II de Grèce rend visite au détective inspecteur John Ball de Scotland Yard. Depuis une semaine, il est sans nouvelles de la gouvernante. Or la prochaine arrivée du roi dans la résidence rend sa présence indispensable. Il est d'ailleurs très étonné qu'elle ait renoncé à cet emploi sans prévenir. Ce n'est sûrement pas dans son caractère. D'ailleurs, ses affaires sont restées dans sa chambre.

Par contre, il y a six jours de bouteilles de lait à la porte de service.

« Avez-vous fouillé la maison ? demande le détective.

— Non. C'est très grand. J'ai simplement été jusqu'à sa chambre. J'ai appelé un peu partout. Et puis j'ai trouvé sur une petite table un billet qui me semble un peu bizarre. »

Le détective lit le billet.

« Qu'est-ce que vous lui trouvez de bizarre ?

— Ce n'est pas tellement qu'il éloigne les domestiques, explique le secrétaire du roi, mais c'est plutôt qu'une telle décision n'entre pas dans les attributions de cette jeune femme. »

Quelques instants plus tard, le détective et le secrétaire entrent au 45, Chester Square et entreprennent une fouille systématique de la maison.

Bien entendu, lorsqu'ils parviennent à la bibliothèque, celle-ci étant fermée à clef, ils doivent enfoncer la porte.

Hors du bruit, hors du monde, au milieu de centaines de livres qui sentent le cuir et la poussière, le cadavre de la gouvernante est affalé sur le bureau.

Les fenêtres sont fermées. Elle tient un revolver dans sa main, la douille d'une balle est tombée sur le tapis. La mort remonte à plusieurs jours, et le trousseau de clefs, parmi lesquelles celle de la bibliothèque, est posé sur le bureau.

Le secrétaire émet l'hypothèse d'un suicide, ce que ne dément pas tout d'abord le détective.

Pourtant, une chose l'étonne. Normalement, lorsqu'on se tire une balle en plein front, on appuie le revolver sur la peau et celle-ci est brûlée autour de la blessure, ce qui ne paraît pas être le cas...

Dans les affaires personnelles de la victime, on trouve aussi de nombreux bijoux de prix, ce qui est tout de même assez surprenant pour une domestique.

Enfin, Scotland Yard enquête auprès des membres de la gentry qui ont recommandé la jeune femme, et ceux-ci s'étonnent :

« Miss Copperton ? Nous n'avons jamais recommandé cette personne. »

Et Scotland Yard découvre que les fameuses lettres de recommandation sont des faux. Ce qui, pour autant, n'exclut pas la thèse d'un suicide.

Mais, lorsqu'une jeune femme se suicide, c'est souvent à la suite de déboires sentimentaux. Scotland Yard mène donc une enquête auprès des familiers de la victime. Or, plusieurs fois, des domestiques ont vu un grand type de la City portant un pince-nez sonner à la porte. Il est retrouvé sans peine. C'est un importateur de produits méditerranéens, et il ne fréquentait Liz que pour tenter de trouver une clientèle auprès du roi George II de Grèce. Cela dit, il tombe des nues.

« Nos relations étaient excellentes, et je n'ai rien fait qui puisse, d'une façon ou d'une autre, l'avoir incitée au suicide. »

Par contre, l'homme d'affaires au pince-nez se souvient avoir rencontré la jeune femme avec un petit homme qui, croit-il, s'appelait Arthur Belong.

Arthur Belong est lui aussi facilement retrouvé. C'est un petit homme grassouillet à lunettes, qui ne donne aucun signe d'inquiétude lorsque le détective se présente chez lui. Il prend même un certain plaisir à l'interrogatoire.

« C'est vrai, dit-il. J'ai été très proche de la jeune femme. Mais celle-ci m'a quitté pour un autre homme.

— Lui avez-vous écrit dernièrement ?

— Non.

— Pouvez-vous me donner un exemplaire de votre écriture ?

— Certainement. »

Quelques heures plus tard, les experts se penchent sur les lettres de recommandation, soi-disant écrites par les membres de la gentry, et la lettre trouvée sur la table du corridor : ils sont formels. Bien que déguisée, la même main les a écrites, celle d'Arthur Belong, le petit homme grassouillet et à lunettes.

Quelque temps après son arrestation, un armurier vient affirmer qu'il a vendu, deux semaines plus tôt, un revolver calibre 32 à Arthur Belong. Il apporte avec lui quelques cartouches qu'il avait tirées avec cette arme. On y retrouve les mêmes rayures que sur la cartouche ramassée dans la bibliothèque.

Tout est donc clair et simple. Et pourtant l'affaire devient l'un des cauchemars d'Interpol.

Car la guerre civile fait rage en Grèce. N'est-il pas beaucoup plus amusant d'imaginer, au lieu d'un simple crime passionnel, la sombre machination d'un gang international ? Et pourquoi pas une gigantesque affaire politique ?

Liz Copperton, la gouvernante, est accusée d'avoir été un agent communiste placé tout exprès chez le roi de Grèce pour le surveiller. Arthur Belong, l'insignifiant petit homme grassouillet et à lunettes, devient un redoutable espion. Chef d'un réseau, il a tué la jeune femme pour obéir à des ordres venus du sommet.

On ne prouvera jamais rien dans ce sens au cours d'un procès qui fit grand bruit. De toute façon, le 1er novembre 1946, à huit heures du matin, Arthur Belong fut pendu. Il était devenu pour beaucoup ce que toute sa vie il aurait voulu être : un homme qui fait peur.

LE CALME DE LILY WOOD

LILY WOOD se réveille. Il est deux heures du matin, et la pluie froide qui tombe parfois dans l'État américain du Nebraska crépite sur le toit de la ferme. Lily n'entend pas la respiration de son mari à côté d'elle. Elle allonge le bras pour tâter les draps. Mais John n'est pas là. Peut-être est-il malade, car la veille, à la foire agricole, il a copieusement arrosé son dîner avec le régisseur.

Lily se lève. C'est une grande brune mince aux yeux glacés, qui serait plutôt jolie, n'était cette froideur, ce calme imperturbable qui la fait paraître indifférente, alors qu'elle est tout simplement timide et craintive.

Dans une robe de chambre de laine bleue, Lily cherche son mari dans la cuisine. John n'y est pas. John n'est pas non plus dans les autres pièces de la maison. Il serait étrange qu'il soit allé au milieu de la nuit visiter l'étable. Pourtant, une lampe à la main et un imperméable sur les épaules, Lily traverse la pelouse. John n'est pas dans l'étable. Peut-être chez le régisseur.

Pour se rendre chez le régisseur, Lily passe devant la grange et s'avise que la grande porte à glissière est entrouverte. Bien qu'il ne s'en échappe aucun bruit, aucune lueur, elle se hasarde à jeter un coup d'œil. La lampe lui tombe aussitôt des mains. Elle ne crie pas, car ce n'est pas son genre, mais elle pâlit et s'approche du cadavre de John, pendu à une poutre. Puis Lily recule à petits pas, la main sur la bouche comme pour retenir un hurlement qui ne sortirait pas de toute façon, et elle court réveiller le régisseur pour qu'il téléphone à la police. Ensuite, elle retourne dans la grange, et c'est là que le shérif la retrouve, hébétée, contemplant le corps de son mari.

On reconnaît à peine le joyeux vivant qu'était John Wood. Son visage jovial grimace. Son corps immense et athlétique n'est plus qu'une masse flasque et longue, si longue que les pieds touchent presque le sol.

Le shérif Lewis, un petit binoclard barbu qui ne perd pas un pouce de sa taille pour affirmer son autorité, fouille le cadavre. Dans la poche du pantalon de John, 54 dollars et 30 cents. Le mobile du crime ne serait donc pas le vol. D'autre part, on ne connaissait pas d'ennemis à John. Il était marié depuis trois ans et heureux en ménage. Il n'éprouvait pas d'ennuis financiers. Lily ne peut pas être suspectée, car il est de notoriété publique qu'ils avaient décidé de mettre un enfant en chantier, et John lui avait légué par testament sa ferme valant 35 000 dollars plus un joli compte en banque. Enfin, il avait souscrit sur sa tête une assurance-vie qui ne pouvait lui être versée en cas de suicide.

Comme le médecin légiste conclut à la mort par pendaison, selon la coutume américaine, les jurés viennent examiner le cadavre pour décider, puisqu'il n'y a ni mobile ni crime, s'il s'agit bien d'un suicide. Et, bien que les raisons à ce suicide fassent totalement défaut, le juge classe le dossier de l'affaire Wood. Lily est persuadée que son mari s'est suicidé. Même si elle n'en voit pas la raison. Même s'il n'avait jamais parlé de se suicider. Car il est impossible pour elle d'imaginer un crime, celui d'un rôdeur étant exclu. Il ne reste d'autre explication que celle d'une crise de folie subite, peut-être due à l'alcool dont ils avaient abusé la veille au soir. La malheureuse jeune femme est d'ailleurs très éprouvée par ce suicide, accident inexplicable chez un homme équilibré, et survenant dans ce qu'il faut bien appeler une vie heureuse.

Par contre, quelqu'un n'admet pas cette explication qui n'en est pas une, c'est le frère de John. Willy, l'aîné, a trente-sept ans, c'est un ingénieur têtu, un peu renfermé, passionné d'alpinisme. Ses cheveux noirs plantés bas sur le front, comme son frère, il lui ressemble un peu et mène une vie simple et saine ; toujours vêtu le week-end d'un pull à col roulé, d'un survêtement ou d'un anorak, il a l'air de revenir de la conquête de l'Éverest.

Resté célibataire, il n'avait de famille que son frère et sa belle-sœur, à qui il fait part de ses soupçons.

« Dans la pire des dépressions, John ne se serait pas suicidé sans laisser au moins une lettre d'explication. Il t'aimait trop pour cela.

— Dans un moment de dépression, oui. Mais dans une crise de folie ?

— John n'était pas fou.

— Non, mais il a pu avoir une crise.

— C'est trop facile comme explication.

— Mais si quelqu'un l'a tué, dis-moi qui ?... Qui ?

— Peut-être le régisseur ? »

Lily hausse les épaules. Elle aussi y a pensé. Le shérif aussi y a pensé. Tout le monde y a pensé. Et tout le monde a repoussé cette idée parce qu'elle est absurde. Kawalerovicz, le régisseur, et John étaient deux amis, deux vrais amis. Ils s'appuyaient l'un sur l'autre, n'avaient pas de secret l'un pour l'autre.

Mais Willy insiste.

« Écoute, Lily, ne sois pas aveugle. Depuis six ans, Kawalerovicz aidait mon frère, soit. Mais il était aussi son employé. Qu'y aurait-il d'étonnant à ce qu'il ait convoité sa fortune ? Depuis trois ans, il te voyait tous les jours aux côtés de mon frère, aller et venir, dans cette ferme où jusqu'alors ils vivaient seuls tous les deux. Qui te dit qu'il n'était pas jaloux ? Enfin, il est sans doute le dernier homme à l'avoir vu.

— Mais puisque John est venu se coucher comme tous les soirs.

— Il s'est vraiment allongé à côté de toi ?

— Je ne sais pas. Je me suis endormie comme une masse. Mais je sais qu'il était entré dans la chambre et qu'il avait commencé à se dévêtir. Je t'en prie, ne parlons plus de ça. Kawalerovicz a toujours été très bon. Et il l'est plus encore aujourd'hui. Il est mon seul soutien. Je ne peux m'appuyer que sur lui pour faire marcher la ferme. Je n'ai aucune raison de le suspecter et toutes les raisons de lui être reconnaissante. »

Malgré les réticences de sa belle-sœur, Willy essaie de convaincre le shérif :

« C'est cousu de fil blanc, dit-il. Il a tué le mari. Maintenant ce sera un jeu d'enfant d'épouser la femme. Il l'aide, la soutient, la protège. Il est la providence. Il a la voix chaude et rassurante. Son accent polonais doit être plein de charme. Il est plutôt bel homme. Et il faut admettre qu'il est très compétent pour diriger la ferme. Je ne pourrais même pas lui en vouloir, à ma belle-sœur. Dans un an ou deux, elle cédera s'il le lui demande. C'est

ce que n'importe quelle femme ferait à sa place. »

Toujours dressé sur ses ergots pour ne pas perdre un pouce de son autorité, le shérif conclut :

« Eh bien, revenez me voir lorsqu'il épousera Lily. »

Deux ans plus tard, en pull à col roulé comme s'il tombait de l'Himalaya, le frère de John revient voir le shérif. Kawalerovicz vient d'épouser Lily.

Cette fois, le shérif l'écoute d'une oreille un peu plus attentive.

« Vous voyez bien, dit le frère, il a réussi à exécuter son programme.

— On ne peut pas lui en vouloir, rétorque le shérif. Vous-même aviez reconnu que ce serait un enchaînement logique de circonstances. N'importe quel homme à sa place aurait agi de la même façon que lui, et n'importe quelle femme agirait comme Lily. Et pour le bien des deux parties. D'ailleurs, à qui appartient maintenant la fortune de votre frère ?

— A Lily. Ils se sont mariés sous le régime de la séparation de biens.

— Alors, pourquoi vous en faire ? Pourquoi vouloir à tout prix leur mettre des bâtons dans les roues ?

— Mais justement parce que, si Kawalerovicz a tué mon frère, c'est pour avoir la femme peut-être, mais la fortune sûrement. S'il ne parvient pas à mettre la main sur la fortune, il en viendra sans doute à exécuter la deuxième partie de son plan : tuer sa femme.

— Oh ! là. Comme vous y allez ! »

Mais le shérif réfléchit :

« Écoutez, dit-il pour conclure, la justice a tranché. John Wood s'est suicidé. Moi, je ne peux pas revenir là-dessus. La seule chose que vous pouvez faire, c'est d'en parler franchement à votre belle-sœur.

— Elle ne me croit pas. Et nous nous sommes fâchés.

— Vous voyez bien, je ne peux rien pour vous, mon vieux. »

Mais, tandis que Willy descend l'escalier au petit trot comme s'il retournait très vite sur l'Anapurna, le shérif décroche le téléphone pour appeler Interpol. Il serait peut-être bon d'avoir des renseignements sur ce Kawalerovicz. Malheureusement, la chose va s'avérer difficile, car sa dernière adresse connue avant son arrivée aux États-Unis c'est Berlin-Est. Et Berlin-Est n'adhère pas à Interpol.

Le temps a donc passé, et dans la belle ferme du Nebraska, Lily ne se sent plus seule. Sa froideur apparente s'est animée. Ses yeux glacés ont réappris à sourire. Son nouveau mari lui a fait installer une piscine. Elle devient, cet été-là, une jolie femme bronzée, d'autant plus heureuse qu'elle est depuis deux mois la maman d'une petite fille appelée Leslie.

Un après-midi, son mari Kawalerovicz s'assoit à son bureau pour mettre à jour la comptabilité de la ferme. Lorsqu'il a fini, il ouvre le petit coffre-fort pour y placer le livre de comptes, et une enveloppe fermée lui saute aux yeux. Il ne connaît pas cette enveloppe, et elle n'était pas là il y a quelques jours.

Kawalerovicz l'ouvre et lit, intrigué. Les deux sillons, moitié rides, moitié fossettes, qui barrent ses joues font subitement une vilaine grimace :

« Ceci est ma dernière volonté. Tous mes biens reviendront à ma fille Leslie. Mon ancien testament où j'avais désigné mon mari Herman Kawalerovicz comme mon légataire universel est annulé. Toutefois, mon mari Herman Kawalerovicz devra gérer les biens de notre fille jusqu'à sa majorité. Signé : Lily Kawalerovicz. »

Il se retourne brusquement en entendant la porte du bureau s'ouvrir. Pâle comme un mort, il fait face à sa femme qui porte le bébé dans ses bras et, tremblant de rage, lui met le papier sous le nez :

« Qu'est-ce que ça veut dire, Lily ? »

Lily n'a pas l'air gêné du tout pour répondre :

« Je voulais t'en parler. C'est un brouillon que j'ai fait. Si tu es d'accord, je passerai chez le notaire la semaine prochaine.

— Je ne suis pas d'accord.

— Pourquoi ? Tu gères la fortune de notre

fille jusqu'à sa majorité... Quelle importance que la ferme soit à son nom ? »

Mais la réaction du mari est extraordinairement violente : elle va tout juste durer quelques secondes, durant lesquelles Herman Kawalerovicz ne peut s'empêcher de traiter Lily de tous les noms, lui reprochant son ingratitude, de le déposséder ainsi, après tout ce qu'il a fait pour elle ! Mais sa diatribe ne dure que quelques secondes, car le bébé se met à pleurer, et l'homme, incapable de se contenir, se jette sur lui comme s'il allait l'étrangler. Lily se détourne pour le protéger et, redevenue glacée, dit :

« Tu es fou ! »

Sa voix a résonné, calme, détachée, dangereusement lointaine. Alors Herman s'excuse platement.

« Pardonne-moi, Lily. »

Trois semaines plus tard, Lily, hésitante et fatiguée, ne s'est pas encore rendue chez le notaire. Elle a même dû s'aliter, car elle se sent lasse, presque malade. Peut-être est-ce le choc ou la méfiance refoulée qui la ronge depuis cette scène pénible.

Pourtant son mari est redevenu affectueux, attentif. Il la soigne avec bonté, va jusqu'à lui faire la cuisine et la servir au lit.

Il fait une chaleur accablante, et Lily, qui a très soif, hésite à déranger son mari pour un verre d'eau. Elle se lève et marche pieds nus vers la cuisine, mais n'entre pas. Par la porte entrouverte elle aperçoit son mari qui tient une petite bouteille à la main. Elle reste immobile et silencieuse, le temps de le voir verser une poudre blanche dans son potage. Puis elle recule jusqu'à son lit, se couche, fait semblant de dormir, refuse bien entendu son repas sous prétexte qu'elle n'a pas faim et, dès qu'elle le peut, téléphone au frère de John.

« Bonsoir, Willy, c'est Lily. Je te demande pardon, tu avais raison. Viens me voir tout de suite. Je suis sûre maintenant qu'Herman a tué John. Et depuis plusieurs jours, il m'empoisonne lentement. Il veut me tuer avant que j'aille chez le notaire modifier mon testament. »

C'est alors que l'affaire, jusque-là banale, va prendre une tournure singulière. Lorsque le frère de John et sa belle-sœur vont voir le shérif, celui-ci propose tout de suite une solution.

« Facile, dit-il. Figurez-vous que nous avons reçu enfin des renseignements d'Interpol. Kawalerovicz est né à Varsovie, où il avait une famille. Lorsqu'il a gagné Berlin-Est, il a épousé en bonne et due forme une autre femme. Il lui a d'ailleurs fait deux enfants et l'a abandonnée lorsqu'il a passé la ligne pour émigrer aux États-Unis. Alors, c'est facile : si vous voulez, je le boucle tout de suite pour " bigamie ". »

Mais le frère de John et Lily ne sont pas

d'accord, car la punition ne sera pas suffisante. Ils veulent que Kawalerovicz soit jugé pour le meurtre de John. Hélas ! cela n'est pas possible. Le shérif veut bien les croire, mais la déclaration de Lily ne suffirait pas pour convaincre un tribunal américain.

« Votre seule chance, dit le shérif, serait que vous puissiez vous procurer vous-même des preuves. Par exemple, que vous puissiez le faire prendre en flagrant délit.

— C'est bon, dit Lily toujours avec son calme glacé, je vais retourner à la ferme, et j'obtiendrai les preuves qu'il vous faut.

— C'est dangereux, dit le shérif.

— Je sais », dit Lily.

Cette fois, le frère de John renonce à ses expéditions vers les sommets lointains pour rester dans la ville voisine, près de sa belle-sœur. Car l'aventure est dangereuse, c'est vrai, et le shérif n'accepte qu'à deux conditions. D'abord que, sous un prétexte ou un autre, Lily se débarrasse provisoirement de son enfant. Ensuite, que Lily déchire le projet de testament en faveur de sa fille pour diminuer l'intensité du danger.

Après quoi, secrètement, le shérif fait venir un policier inconnu dans la région qui trouve à se faire engager dans la ferme. Tout cela a pris du temps, et les jours passent. Lily, animée d'une résolution implacable, mène apparemment une vie normale. En réalité, elle épie chaque geste de son mari et fouille partout minutieusement, mais ne trouve aucun indice pouvant servir de preuve à l'assassinat de John. Elle ne retrouve même pas le flacon avec lequel elle a vu son mari verser la poudre blanche dans son potage.

Après les jours, ce sont les semaines qui passent. Et puis les mois. Des mois durant lesquels elle côtoie cet homme qu'elle juge un monstre, mais qui, pas un instant, ne se trahit. Au contraire, il est plus doux, plus attentif, plus affectueux que jamais. Il se plaint fréquemment de l'absence de sa petite fille. Tant et si bien qu'ils sont obligés d'aller la voir chaque semaine chez sa grand-mère. Il ne comprend pas, et la grand-mère non plus, les raisons de cette séparation.

« Je suis trop fatiguée en ce moment pour élever Leslie », explique Lily.

Alors, Herman redouble d'attentions envers sa femme. Après dix mois de cette atroce comédie, le policier qui travaille toujours dans la ferme en a « ras le bol ». Il a les mains calleuses. De son côté, Willy voudrait bien retourner quelque part, dans les Alpes ou dans la cordillère des Andes. Et Lily n'en peut plus. Un conseil de guerre les réunit tous chez le shérif.

« Nous ne pouvons plus continuer, déclare celui-ci. Je risque d'avoir des ennuis. Et maintenant que votre mari dispose de vos biens, s'il lui prenait fantaisie de les dilapider, que ferions-nous ? Je ne peux ni vous protéger ni le faire surveiller indéfiniment. »

C'est alors le frère de John qui fait une proposition :

« Lily, pourrais-tu l'amener à se trahir ? Par exemple, en lui disant que tu sais tout. Tout depuis toujours.

— Je vais essayer », dit courageusement Lily.

Le 7 juillet 1957, Lily et son mari sont à table, dans la pièce commune de la ferme. Lui, est de fort bonne humeur. Elle le considère sans rien dire d'un étrange regard. Il lui sourit pourtant.

« Chérie, veux-tu encore du café ? Chérie, à quoi penses-tu ? Tu as l'œil fixe ? »

Lily semble secouer une image qui la hante.

« Cette nuit, dit-elle, j'ai fait un affreux cauchemar. John sortait de la grange et me faisait des reproches.

— Qu'est-ce qu'il te disait ?

— Il me disait : « Tu sais qu'il m'a tué et « pourtant tu l'as épousé. Tu m'as trahi. Et « c'est ça le pire ! »

Un court silence pèse sur la table.

« Ce n'est qu'un cauchemar, dit Kawalerovicz qui a tout de même pâli.

— Oui, mais c'est aussi la vérité.

— Qu'est-ce que tu me chantes là ?

— Allons, tu sais bien que je le sais.

— Tu sais quoi ?

— Que tu l'as tué.
— Ah ! Oui ? Et depuis quand ?
— Depuis toujours.
— Et pourquoi n'aurais-tu rien dit ?
— Parce que John et moi nous ne pouvions pas avoir d'enfant et que je voulais absolument des enfants. »

L'argument est remarquable, et Herman tombe dans le piège. Pour parfaire son œuvre, Lily s'est mise à pleurer, et son mari se lève et lui passe le bras autour des épaules.

« Oublie tout ça, Lily. Ne sommes-nous pas heureux ?

— Si. Mais comprends-moi, nous ne pouvons pas vivre avec un tel mensonge entre nous. Il faut que tu me dises une fois la vérité. Une seule fois, j'ai le droit, Herman, je suis ta femme et ta complice, même.

— Je t'en prie, ne parlons plus de cet accident.

— Une fois. Je dois savoir. C'est la ferme que tu voulais ou moi. Réponds, et nous n'en parlerons plus.

— Mais voyons, c'est toi. Toi, parce que je t'aime ! »

Lily se redresse brutalement :

« Et si je te dénonçais ? »

A son tour, Kawalerovicz se raidit :

« Personne ne te croirait. D'ailleurs, il est trop tard. Je dirais que c'est toi qui m'as poussé. »

C'est alors, comme dans les comédies de

boulevard, que le policier jaillit d'un placard. Un vrai policier, d'un vrai placard, celui de la salle à manger.

Il faudra tout de même trente-six heures pour que Kawalerovicz passe aux aveux. Le soir du crime, il a vu John sortir de la maison. Il a couru chercher du coton et une bouteille d'éther. Il est revenu pour le surprendre à la sortie de la grange et lui appliquer le coton imbibé d'éther sur le visage. Avant de l'aller pendre.

Herman sera pendu lui-même. C'était un excellent comédien, il avait su jouer l'amitié, l'amour, la patience, mais il ne sut pas jouer sa mort avec autant de talent. Car le gibet est un triste partenaire.

ATTAQUE, FRANCESCO !

1963. Une nuit d'hiver, un homme gros et brun et une grande femme maigre et blonde se croisent. Le gros homme brun s'appelle Francesco. Il descend du train à la gare de Ludwigshafen, en République fédérale allemande. La grande femme maigre et blonde s'appelle Gabrielle et regarde chaque homme qui descend du train. Elle drague. C'est curieux, car Gabrielle, trente-quatre ans, est l'héritière d'une des plus grosses fortunes de la région. Mais c'est une femme sans charme et sans aucune grâce : ses cheveux blonds sont raides, relevés en chignon. Ses yeux sont durs et inexpressifs. Alors elle drague.

Il est presque minuit, et Ludwigshafen est l'une des villes les plus sinistres d'Allemagne. Il y tombe une pluie fine et glacée mêlée de neige fondue. Gare et pluie sinistre sur des quais luisants, cette histoire commence comme un roman noir classique.

Gabrielle a remarqué Francesco, le gros homme brun qui suit la foule, un maigre bagage au bout du bras. Mais elle ne s'est pas décidée, car il y a plus loin, descendant d'un autre wagon, un autre homme gros et brun.

Si Ludwigshafen compte à l'époque parmi les villes les plus polluées d'Allemagne, si ses énormes usines fonctionnent nuit et jour, c'est grâce à la famille de Gabrielle, car plusieurs ont été fondées par son père. Mais Gabrielle n'a pas voix au chapitre dans la gestion de ces usines. Elle est trop bizarre. Et sa famille, qui l'en écarte prudemment, préfère lui verser une rente qui lui suffirait pour acheter tous les gros hommes bruns qu'elle pourrait rencontrer.

Il y a environ deux millions de ces hommes gros et bruns comme Francesco sur le sol germanique. Ils sont italiens, grecs, yougoslaves, espagnols, turcs, etc. Ils sont venus gagner de l'argent à Ludwigshafen. On les appelle « travailleurs émigrés », « Gastarbeitern » ou « guest workers ». Parmi tous ces mâles, Gabrielle, la riche héritière, fait son choix à la manière d'un maquignon. Et finalement elle pose sa main sur le bras de Francesco, sa première idée.

Il n'est pas beau et sait à peine parler allemand. Il est venu travailler dans un complexe chimique, et il est né à Crotone, au sud de l'Italie.

Après avoir passé une seule nuit avec lui, Gabrielle se rend compte que Francesco, de quatre ans plus jeune qu'elle, possède des « qualités » spéciales qui le mettent largement au-dessus des autres gros hommes bruns de toute l'Allemagne de l'Ouest. Une semaine seulement après l'avoir vu descendre du train, Gabrielle l'épouse, mais change de nom pour l'occasion. Pourquoi ? Cela reste un mystère. Gabrielle a coutume de changer de nom, et son mari n'a aucune idée de son nom véritable. Il pourrait se renseigner dehors, mais Gabrielle a décidé de ne pas lui en laisser l'occasion : dans le grand et luxueux appartement qu'ils habitent, il y a une toute petite pièce et, dans cette toute petite pièce, Francesco va vivre pendant douze ans.

Le roman noir tournant apparemment au rose, il convient d'y faire entrer la police.

L'inspecteur Reinhard n'a pas vingt-sept ans. Tout frais émoulu des écoles, ce 29 octobre après-midi, il fume une cigarette dans un commissariat de Ludwigshafen et ne se doute pas qu'il va en apprendre en une nuit plus qu'il n'en a appris en dix ans. Il rédige un rapport lorsqu'un appel urgent est reçu au standard : quelque part dans un quartier chic, une jeune fille signale d'une voix angoissée qu'un Italien est sur le point de commettre un crime.

Par radio, les voitures qui patrouillaient dans le quartier sont alertées et, quelques minutes plus tard, le policier arrivé le premier sur les lieux appelle par radio.

« Nom d'un chien ! dit-il, j'ai jamais vu ça. Je patauge dans le sang. Les victimes sont deux femmes. Je ne pense pas qu'elles soient vivantes, mais je vais voir. Envoyez vite une ambulance.

— Et l'assassin ?

— Il est hors d'état de nuire, je lui ai passé les menottes. »

Cette fois, le jeune inspecteur Reinhard saute dans une voiture.

Entre le rez-de-chaussée et le premier étage dans la maison du drame, l'inspecteur Reinhard est rejoint par le médecin légiste. Ce dernier, un homme aux cheveux blancs pour qui cette affaire fait partie du train-train quotidien, esquisse tout de même un geste de surprise lorsqu'il voit tomber, de marche en marche, des petites gouttes. L'inspecteur Reinhard, lui, sent ses yeux s'écarquiller : ce sont des gouttes de sang. Et on lui a dit que le crime avait eu lieu sur le palier du troisième étage !

De marche en marche, c'est un véritable ruissellement, et le jeune inspecteur est pâle comme un mort en débouchant, trois étages plus haut, devant deux corps allongés. L'un est celui d'une grande femme blonde vêtue d'un pantalon de velours noir, c'est Gabrielle. L'autre est celui d'une brunette presque nue sur le carrelage.

Tandis que le médecin légiste se penche sur la grande femme blonde, l'inspecteur Reinhard observe le gros homme brun attaché par une menotte à la tuyauterie du chauffage central. En quelques secondes, il a compris : c'est le criminel et il a agi dans un moment de fureur, car il observe maintenant la scène d'un air stupéfait, presque hébété. Enfin, bien qu'il ne réponde pas aux questions qu'on lui pose, car il ne parle pas l'allemand, il est évident qu'il ne songe pas à nier.

« Docteur, je crois que vous devriez plutôt regarder l'autre femme... elle doit être encore vivante. » Et le policier en uniforme qui est arrivé le premier sur les lieux montre le corps de la jeune femme brune et presque nue.

Tandis que le médecin légiste l'examine, le policier en uniforme regarde le jeune Reinhard, pâle et ému, qui ne sait pas par où commencer. Alors, il fait son rapport.

« Elle s'appelle Elga Richter, si vous voulez noter, monsieur l'inspecteur. Elle habite sur ce palier », et il montre l'une des trois portes.

Reinhard, qui a sorti un calepin, note aussi, d'une main un peu tremblante, que les trois portes sont restées ouvertes.

« L'arme du crime, la voilà, poursuit le policier, je l'ai trouvée dans la poche de l'assassin. Voyez, c'est un couteau à cran d'arrêt très bon marché. »

Deux hommes en blouse blanche surgissent, portant un brancard.

« Emmenez celle-là, dit le médecin légiste, et il montre la brunette. Je ne sais pas si on pourra la sauver. Je me demande pourquoi elle n'est pas morte. Heureusement, elle est inconsciente. On ne peut même pas compter les coups de couteau qu'elle a reçus ; le cœur, le foie, les poumons, le ventre, tous les organes vitaux ont été touchés. Regardez, j'ai l'impression qu'elle a voulu se défendre, elle a des blessures aux poignets et aux mains...

— Inspecteur... vous devriez jeter un coup d'œil dans cet appartement, dit le policier en uniforme... Il y a une chambre qui vaut son pesant de moutarde. Je crois que c'est la chambre de ce bonhomme », et il montre le gros homme brun.

Le jeune Reinhard va décidément de surprise en surprise : alors que l'appartement est plutôt luxueux, il y découvre une pauvre petite pièce meublée d'une chaise minable, d'une table bancale et d'une minuscule armoire. Mais trône au milieu : un lit énorme et magnifique sous un splendide miroir suspendu au plafond. Sur le lit, une selle de cheval et des rênes. Le policier en uniforme qui le suit murmure :

« Vous imaginez ce gros bonhomme avec ça sur le dos ?

— Vous croyez que c'était pour lui ?

— Oui... dans sa chambre à elle, il y a un costume d'écuyère. Et ouvrez l'armoire... »

Dans l'armoire : tout un attirail de chaînes,

de fouets, de courroies de cuir et en caoutchouc, et toutes sortes d'engins dont le jeune Reinhard ne parvient même pas à deviner l'utilisation. Par contre, la garde-robe du gros bonhomme semble des plus limitées, deux pantalons, deux chemises et un gros blouson. Tout là-bas, au fond de l'appartement, Ingebord, une vieille dame bien mise, au service de la famille depuis dix-sept ans, attend dans l'office où le jeune inspecteur la découvre tremblante d'émotion, le nez tourné vers le mur comme si elle avait été piégée là et refuse de regarder ce qui s'y passe.

« Lorsque je suis entré dans l'appartement, déclare le policier en uniforme, elle était déjà là. Je crois qu'elle n'a rien vu.

— Non, non, je n'ai rien vu, dit la vieille femme. Je suis arrivée vers une heure et je m'apprêtais à faire un peu de ménage.

— Vous n'habitez pas ici ?

— Oh ! non. Heureusement, dit la vieille dame, en levant les bras au ciel. Je suis au service de la famille de Madame, et je ne viens qu'à l'heure du déjeuner pour leur apporter un repas chaud, parce qu'elle ne sait pas faire la cuisine.

— Depuis combien de temps ?

— Depuis douze ans.

— Douze ans ? C'est vous qui faisiez le ménage dans la petite chambre là-bas ?

— Oui », dit la pauvre femme d'un air résigné.

Le jeune inspecteur ne peut s'empêcher de remarquer :

« C'étaient des gens bizarres. »

Et la vieille dame croit nécessaire d'expliquer :

« Oui, surtout elle. Mais que voulez-vous, il fallait bien leur apporter à manger et faire leur ménage. »

Le jeune inspecteur continuerait bien d'interroger la domestique, car elle semble savoir infiniment plus de choses qu'elle n'en a dit, mais le médecin légiste l'appelle sur le palier.

« J'ai fini, dit-il, et il montre Gabrielle. Celle-ci n'a été frappée que quinze fois, mais horriblement. A chaque fois la lame est entrée jusqu'à la garde, dans la région des seins et des organes génitaux. J'ai l'impression que ni l'une ni l'autre n'ont été violées, et qu'il s'agit d'un formidable accès de rage. »

Un homme d'une cinquantaine d'années, distingué, élégamment vêtu, qui montait lentement l'escalier en regardant avec horreur ses chaussures sanglantes, reste pétrifié en débouchant sur le palier. Il ne peut détacher ses yeux du corps de Gabrielle dans son pantalon de velours noir lacéré.

« C'est ma sœur, dit-il, comme s'il n'y croyait pas lui-même.

— Et lui, vous le connaissez ? demande l'inspecteur en montrant le gros homme brun attaché à la tuyauterie du chauffage central.

— Oui, bien sûr, c'est son mari.
— Il ne parle pas allemand ?
— Non, c'est un Italien. Il est ouvrier dans une usine de produits chimiques.
— Vous n'avez aucune idée de ce qui a pu se passer ? »

L'homme distingué a un geste d'impuissance ; il est horrifié mais n'a pas l'air étonné.

« Je crois que depuis quelque temps il refusait d'aller travailler... Ils avaient des discussions à cause de l'enfant.
— Ah ! parce qu'ils avaient un enfant ?
— Oui, malheureusement. Gabrielle et Francesco ont eu un enfant cinq ans après leur mariage, une petite fille. Étant donné le caractère de Gabrielle, nous avions cru prudent de la lui retirer. C'est une autre de mes sœurs qui l'élève. D'ailleurs, Gabrielle était satisfaite d'en être débarrassée. Mais Francesco n'était pas d'accord. Comme beaucoup d'Italiens, il adore son enfant. Il a tellement insisté que Gabrielle a dû accepter qu'il la voie plusieurs fois par semaine. Mais nous avons veillé par contre à ce qu'elle connaisse à peine sa mère. Seulement l'enfant venait d'avoir sept ans, et je crois que depuis quelque temps Gabrielle faisait tout pour empêcher le père et la fille de se voir. C'est peut-être ce qui... »

L'homme cherche ses mots et conclut pudiquement :

« Je veux dire... c'est peut-être ce qui a provoqué tout ça. »

Le jeune inspecteur Reinhard se tourne vers le policier en uniforme. C'est clair, Gabrielle, quarante-six ans, la riche héritière, et Francesco, son mari, avaient une vie sexuelle complètement délirante et une vie tout court absolument démente. Mais cela n'explique pas pourquoi le gros Francesco a poignardé vers deux heures de l'après-midi sa femme et une voisine sur le palier. Le mieux étant encore d'interroger l'Italien, l'inspecteur Reinhard fait venir un interprète. C'est une sorte de petit Sicilien à l'air vif qui semble tout comprendre à demi-mots, et en quelques minutes, l'inspecteur Reinhard sait tout de la vie du gros Italien.

D'abord, bien que marié et vivant reclus dans sa petite chambre, entre la selle de cheval et les appareils de torture, Francesco avait le droit de sortir, il avait même gardé son travail, et pendant douze ans il n'a jamais manqué de s'y rendre chaque jour. Mais son salaire était directement versé dans une banque et sur un compte auquel seule sa femme avait accès. Il ne disposait donc pas du moindre centime. Sa vie était fort ennuyeuse. D'autant plus que sa chère épouse ne lui laissait ni radio ni télévision, pas de livres, pas de revues, pas de journaux. D'ailleurs, Francesco ne connaissait pas un mot d'allemand, et c'est tout juste s'il savait lire dans son usine le mot « toilettes » sur une des portes.

Pourquoi maintenir cet homme dans un état

pareil ? On ne le saura probablement jamais, sinon pour le destiner uniquement à son plaisir, comme une sorte d'animal de compagnie.

Mais lorsque Angela, leur petite fille, a eu sept ans, Gabrielle a décidé d'empêcher la fille et le père de se rencontrer. A la fille, elle disait un jour que son père n'était pas là, un autre jour qu'il ne voulait pas la voir. Puis elle finit par lui dire enfin qu'il était mort.

A Francesco, décidément très naïf, elle racontait qu'il fallait empêcher Angela de venir parce que les habitants du quartier voulaient tuer l'enfant. Lui-même devait faire très attention et sortir le moins possible, car, d'après elle, les Allemands supportaient mal de voir une Allemande épouser un « sale étranger ». Il était même possible qu'ils soient obligés un jour de quitter la région. Le malheureux, dont la naïveté était décidément sans limites, finit par la croire. Et, comme il ne parlait pas un mot d'allemand, tous les gens, surtout les voisins, lui semblaient hostiles, et il les tenait réellement pour responsables de l'absence de sa fille. Tout cela est si invraisemblable que l'interprète se croit obligé d'insister :

« Vous savez, inspecteur, je n'invente rien, c'est ce qu'il dit. »

Il faut la confirmation des voisines pour que le jeune inspecteur Reinhard se décide à prendre les déclarations de l'Italien au sérieux. L'une d'elles déclare :

« Je crois qu'elle avait soumis son mari à un entraînement intensif de chien policier.

— De chien policier ? Qu'est-ce que vous voulez dire ?

— Eh bien, elle le dressait comme un chien policier. Elle lui avait appris à obéir aux ordres qu'on donne aux bergers allemands utilisés dans la police.

— Par exemple ?

— Eh bien, elle lui disait : « Attaque, Fran-« cesco, attaque, attaque ! » Ou bien : « Mords, « Francesco, mords ! »

— Et alors, il exécutait les ordres ?

— Mais oui ! Il mordait. Il ne mordait pas profondément bien sûr, mais il mordait.

— Et vous vous laissiez faire ?

— Bah ! on ne savait pas très bien si c'était un jeu ou si c'était sérieux, et on évitait de les rencontrer. On les prenait pour deux fous qui s'amusaient entre eux. »

C'était sans doute un jeu, jusqu'à ce que la séparation de Francesco et de sa fille ait rendu le malheureux vraiment fou. Fou comme un chien enragé. Et c'est le témoignage de la jeune Birgit, la fille de la voisine, qui va définitivement éclairer l'affaire.

Birgit, c'est la fille d'une des voisines de palier. Elle a quatorze ans. On a dû la conduire chez le médecin, et l'on attendait pour la faire revenir dans l'appartement que le cadavre de Gabrielle ait été enlevé et le palier nettoyé. Il a même fallu lui faire prendre un tranquillisant pour pouvoir lui parler. La pauvre enfant raconte alors ce qu'elle a vu.

« J'étais seule à la maison au début de l'après-midi. Il était environ deux heures trente lorsque j'ai entendu Mlle Elga Richter et Mme Gabrielle se disputer sur le palier. Cela arrivait souvent, mais je suis allée voir. J'ai entrouvert la porte. Mais heureusement j'ai laissé la chaîne de sécurité. J'ai vu que Mlle Richter, qui était tout juste habillée d'une petite robe de chambre, avait du linge dans un panier et s'apprêtait à descendre à la laverie. Je ne sais pas pourquoi elles se disputaient, mais, comme Mlle Richter ne se laissait pas faire, Mme Gabrielle a crié à son mari : « Attaque, Francesco, attaque ! » Et, quand il est arrivé, elle lui a crié : « Mords-la, Francesco, mords-la. » Mais son mari a sorti un couteau de sa poche, et il a frappé Mlle Richter à l'estomac. Alors elle est tombée et elle s'est traînée vers son appartement. Le mari de Mme Gabrielle la poursuivait. Je ne pouvais plus voir ce qui se passait, mais j'entendais crier, et je suis sûre qu'il continuait à la frapper. »

La jeune fille s'arrête un instant, comme saisie d'horreur en revivant la scène.

« Et Mme Gabrielle, que faisait-elle ? demande l'inspecteur Reinhard.

— Elle avait les mains sur les hanches, elle regardait. Elle avait l'air de s'amuser follement. Mais, lorsque son mari est sorti de l'appartement de Mlle Richter, je l'ai vu revenir vers Mme Gabrielle. Il a tourné lentement autour d'elle, et brusquement il lui a enfoncé son couteau dans la poitrine. Elle a été immédiatement couverte de sang et j'ai couru au téléphone pour appeler la police. Lorsque je suis revenue à la porte, le mari de Mme Gabrielle a essayé de me frapper avec son couteau par l'ouverture. Heureusement qu'il y avait la chaîne de sécurité... Il a tout juste réussi à me faire une éraflure au bras. »

La jeune femme brune, Elga Richter, elle, est morte le soir même des suites de ses blessures.

A l'interprète qui lui traduisait la déclaration du témoin, Francesco a dit : « Oui, c'est ça » en italien. Et il s'est assis par terre d'un air de chien battu.

Son procès a eu lieu le 18 octobre 1976. Selon les experts, Francesco avait perdu la tête mais n'était pas fou. Il fut donc considéré comme responsable de ses actes. Mais sans doute fut-il tenu compte de la vie que Gabrielle lui avait fait subir puisqu'il ne fut condamné qu'à douze ans de prison.

Douze ans de vie en chambre de torture plus douze ans de prison égalent vingt-quatre ans de la vie d'un immigré italien en Allemagne. Un pauvre petit homme, gros et brun, pour son malheur.

LE TÉLÉPHONE N'EST PAS FAIT POUR LES CHIENS

« MONSIEUR HERMAN, il y a un client qui veut absolument vous voir.

— Qu'est-ce qu'il veut ?

— Vous proposer une affaire. »

Pour M. Herman, un grand bonhomme au crâne rasé qui fume toujours un gros cigare, les affaires sont sacrées. Il est propriétaire d'un des plus grands hôtels de Miami, en Floride, et il accepte d'un signe de tête que l'on fasse entrer le client.

« Comment s'appelle-t-il ?

— Van Olsen. »

En attendant l'apparition du client, M. Herman lève un menton légèrement mussolinien, sort d'un tiroir un dossier qu'il pose sur son bureau pour avoir l'air très occupé, bref, fait ce qu'il peut pour avoir l'air d'un homme d'affaires. En réalité, M. Herman, quarante-trois ans, tient de son père la copropriété de cet hôtel. Il a de l'argent, mais, malgré son crâne rasé, son gros cigare et les airs qu'il se donne, M. Herman est trop influençable et trop émotif pour être vraiment un homme d'affaires. Son associé a déjà acheté trois ou quatre hôtels de plus, et lui se contente de gérer celui-là.

Entre le dénommé Van Olsen : petit, sec, désinvolte, le visage dur mais intelligent, il paraît vêtu de façon relativement modeste, et, si M. Herman avait un tant soit peu de psychologie et de sens de l'observation, il remarquerait que les mains de Van Olsen sont celles d'un travailleur manuel, peut-être d'un mécanicien.

« Alors, monsieur Van Olsen, vous avez une affaire à me proposer ? Je vous écoute... »

Van Olsen prend son temps. Il jette un regard circulaire pour vérifier qu'ils sont bien seuls et que les portes sont fermées.

« En effet, monsieur. Une affaire très urgente et très sérieuse... Je dirais même une affaire qui doit être réglée sans délai et sans bavures. Veuillez vous approcher de la fenêtre.

— Vous voyez cet homme dans le jardin, ce grand type costaud avec un blouson blanc ? Il surveille votre fenêtre.

— Je vois.

— Eh bien, c'est l'un de mes collaborateurs, le genre de type qui ne recule devant rien, et j'en ai plusieurs comme lui, dont trois en Italie. »

M. Herman pâlit. Il a compris. Et Van Olsen poursuit :

« En Italie, ils surveillent jour et nuit votre femme et votre fils. Mais il ne tient qu'à vous que votre femme et votre fils reprennent le cours de leurs vacances paisibles. Il suffit que je vous accompagne à votre banque. Que vous y retiriez sous mes yeux 100 000 dollars et que vous me les remettiez quelques instants plus tard. Vu ? »

Le cigare du pauvre M. Herman tremble tellement qu'il doit le saisir à pleine main. Van Olsen ajoute :

« Nous serons suivis partout par plusieurs de mes hommes. Au moindre faux pas je leur fais un signe, et quelques instants plus tard, en Italie, votre femme et votre fils seront abattus. Vu ? »

M. Herman, défiguré par la peur, complètement pris au dépourvu devant la nécessité de cette action immédiate, n'a pas l'ombre d'une réaction. L'air hagard, il accepte d'un signe de tête et suit son étrange visiteur.

Il fait un temps merveilleux à Miami, ce matin-là. Pas un nuage. Une lumière éblouissante, mais sans la chaleur étouffante des derniers jours ; dans la nuit un orage a rafraîchi le temps et nettoyé la ville. Deux hommes marchent sur un trottoir en direction d'une banque à la façade de verre. Le grand M. Herman, au crâne rasé et au gros cigare, et Van Olsen, petit et désinvolte, qui jette sur les passants un regard dur, méfiant et intelligent. Ils portent chacun un attaché-case. Van Olsen secoue sa victime :

« Allons, allons, Herman, ne marchez pas trop vite, et restez naturel. »

De l'autre côté de l'avenue, un grand type costaud avec un blouson blanc se maintient soigneusement à leur hauteur.

« Vous n'avez rien fait à ma femme et à mon fils ?

— Absolument rien, Herman, pour le moment.»

L'homme au blouson blanc traverse l'avenue et se rapproche. Car ils ne sont plus qu'à cinquante mètres de la banque. M. Herman ralentit, et Van Olsen croit utile de préciser :

« Je vous rappelle, Herman, à la moindre incartade, en Italie, on sort les flingues ! »

Avant d'entrer dans la banque, M. Herman se retourne, mais Olsen le pousse en avant :

« Allez, pas de discussion, entrez, et soyez naturel. »

Bientôt le pas des deux hommes résonne dans la grande salle de béton et de verre. Ils se mêlent aux autres clients qui font leurs affaires paisiblement. Mais, lorsque Herman sort son chéquier, sa main tremble un peu. Elle tremble lorsqu'il écrit : « Payez contre ce chèque la somme de cent mille dollars. » Elle tremble un peu plus lorsqu'il écrit : « à l'ordre de moi-même ». Elle tremble tellement, lorsqu'il signe, que l'employé qui s'est approché doit le remarquer.

A quelques pas d'Herman, Van Olsen, ni trop attentif ni trop indifférent, surveille ses moindres gestes. A travers la façade de verre, on aperçoit l'homme au blouson blanc qui fait les cent pas sur le trottoir, avec ostentation.

Maintenant, c'est l'employé que Van Olsen observe. C'est un bureaucrate moustachu, qui a pris le chèque et dont les yeux se sont arrondis en accent circonflexe.

« C'est bien 100 000 dollars que vous voulez, monsieur Herman ? »

Herman, incapable d'articuler un son, acquiesce d'un signe de tête.

« Vous les voulez tout de suite, monsieur Herman ? »

Nouveau signe de tête affirmatif. Mais, manifestement, l'employé hésite.

« C'est une grosse somme, monsieur Herman. Il faudrait peut-être que vous veniez en parler au directeur ? »

Herman sait que tout doit se passer sous le regard de Van Olsen. Il se tourne vers lui qui refuse d'un imperceptible signe de tête. Alors, Herman a toutes les peines du monde à articuler :

« Pour quoi faire ? Mon compte est approvisionné. Prévenez-le vous-même !

— Bien, monsieur Herman. »

L'employé, qui ne quitte pas le chèque des

yeux, le tourne et le retourne, disparaît dans un bureau pour en ressortir quelques instants plus tard accompagné du directeur en personne.

« Bonjour, monsieur Herman. C'est une grosse somme que vous demandez là. »

Le directeur observe Herman et les clients qui l'entourent. Son regard croise un instant celui de Van Olsen.

« Vous avez une grosse affaire à traiter, monsieur Herman ?

— Oui. Très urgente. »

A travers la vitre de l'immense façade, on aperçoit toujours l'homme au blouson blanc qui fait les cent pas.

« Bien, monsieur Herman. Mais la somme est si importante. Il nous faut le temps de la rassembler. Pouvez-vous revenir dans une demi-heure ? »

Une fois encore, M. Herman consulte Van Olsen du regard, mais celui-ci semble regarder ailleurs. Herman en conclut qu'il peut accepter.

« O.K. ! » dit-il, en faisant demi-tour.

Et il sort de la banque, suivi quelques secondes plus tard par Van Olsen qui murmure :

« On va attendre dans un bar... »

Tandis que Van Olsen et Herman, décomposé, l'ombre de lui-même, attendent dans un bar, le directeur de la banque se démène comme un beau diable. Son premier geste a été d'appeler le chef du service de sécurité. Il s'agit d'un ancien homme du F.B.I., une sorte de paysan à l'air un peu sournois. Il écoute le récit que lui font le directeur et l'employé, puis conclut :

« Si c'était un chantage, votre client aurait été moins bousculé et moins paniqué. C'est peut-être un kidnapping. Est-ce qu'il a de la famille ?

— Il a une femme.

— Est-ce qu'il a des enfants en bas âge ?

— Je ne crois pas. Mais je crois qu'il a un fils de dix-sept ans.

— Bien. On va essayer de savoir si ils sont où ils devraient être. » Et il se jette sur le téléphone du directeur qui n'a jamais autant souffert en si peu de minutes. Par moments, il s'interrompt pour dire au directeur, qu'il traite comme un vulgaire employé :

« Ne traînez pas comme ça... De toute façon, il faut préparer l'argent. Allô ! Freddy ? Arrive tout de suite. J'ai un travail pour toi. Vous, il faut préparer la somme, mais en billets neufs. Allô ! Jimmy ? Va voir si la femme de Herman est chez elle et si leur fils est quelque part. Vous, vous préparez la somme en billets neufs, et il faut relever les numéros. Allô ! shérif ? Tenez-vous prêt avec au moins trois voitures. On pourrait bien avoir un coup de chien ici. »

Vingt minutes plus tard, l'ancien du F.B.I. repose son téléphone avec un calme qui contraste avec l'agitation du personnel de la banque et dit en souriant :

« Y a plus qu'à attendre. »

Trente minutes se sont écoulées lorsque M. Herman entre à nouveau dans la banque. Van Olsen le suit à quelques secondes. Un employé bondit dans le bureau du directeur :

« Le voilà.

— Faites comme si de rien n'était, commande le chef de la sécurité. Mais je suppose que le caissier va lui faire signer un reçu.

— Oui.

— Montrez-moi le formulaire. »

L'employé montre le formulaire.

« Bien. Alors, voilà ce que le caissier doit faire... »

Malgré ses efforts, M. Herman n'est pas naturel du tout : son éternel cigare s'éteint sans arrêt, et il hésite chaque fois à le rallumer car sa main tremble. Par contre, le caissier est très à l'aise : il compte devant lui les 100 000 dollars, avec un peu trop de désinvolture peut-être pour Van Olsen qui, près de la porte à l'autre bout de la salle, ne le quitte pas des yeux. Enfin le caissier, de la main gauche, pousse les paquets de billets vers M. Herman et, de la main droite, lui tend un reçu, mais, en travers du reçu, il y a écrit à l'encre : « Si vous êtes menacé, tournez ce reçu dans l'autre sens. »

M. Herman n'ose pas regarder Van Olsen,

mais il se sait surveillé. Et puis il y a l'homme au blouson blanc qui, derrière la grande façade de verre de l'immeuble, continue de faire les cent pas. Pendant qu'ils attendaient au bar, Van Olsen lui a expliqué qu'ils étaient en cheville avec deux radios amateurs. En ce moment, ceux-ci étaient en liaison permanente. L'un en Italie et l'autre en Floride. Enfin, le téléphone n'est pas fait pour les chiens. Le moindre faux pas, la riposte serait immédiate. Il suffirait à peine de deux minutes pour qu'en Italie sa femme et son fils paient de leur vie la moindre erreur.

M. Herman relit, les yeux brouillés : « Si vous êtes menacé, tournez ce reçu dans l'autre sens. » Et il signe le reçu d'une main tremblante et veille scrupuleusement à le remettre exactement dans le sens où on le lui a présenté.

Quelques secondes plus tard, devant le caissier interloqué, M. Herman range les 100 000 dollars dans son attaché-case et sort de la banque sous le regard attentif de l'homme au blouson blanc qui attend dans la rue. Van Olsen sort trente secondes après lui, un attaché-case vide à la main.

Ils ont rendez-vous à la plus proche station d'autobus, où ils doivent monter tous deux. L'échange des attaché-cases devant s'effectuer avant le prochain arrêt. Les 100 000 dollars de M. Herman se portent mal !

Mais, dans le bureau du directeur de la

banque, c'est un véritable remue-ménage. Le chef de la sécurité a déjà mis un dispositif en place et éclairci plusieurs points.

D'abord, son collaborateur Freddy a pris la filature d'Herman à la sortie de la banque : une voiture banalisée de la police l'observe et le suit en liaison radio avec deux autres voitures. Ensuite, la panique d'Herman fait de plus en plus penser à un kidnapping. Enfin, le dénommé Jimmy, lui ayant appris que Mme Herman et son fils étaient en vacances en Italie, à l'hôtel Splendido de Portofino, on a alerté Interpol qui doit appeler Mme Herman au téléphone.

Van Olsen avait raison. Le téléphone n'est pas fait pour les chiens. En moins de deux minutes, Interpol a obtenu Mme Herman.

« Je vous parle de Miami. Vous allez bien, madame Herman ?

— Oui. Très bien. De quoi s'agit-il ? Qui êtes-vous ?

— Un collaborateur de votre mari. Votre mari voulait prendre de vos nouvelles. Mais il n'a pas réussi à vous avoir de toute la matinée.

— J'étais là pourtant.

— Et votre fils ?

— Mon fils aussi.

— Où est-il en ce moment ?

— Il est à la piscine. Mais il va rentrer, ici la nuit tombe.

— Vous êtes sûre ?

— Mais je le vois d'ici...

— Vous n'avez rien remarqué d'anormal autour de vous, madame Herman ?

— Non.

— Bien. Merci, madame Herman.

— Attendez ! Votre coup de téléphone m'inquiète. Il n'est rien arrivé à mon mari ?

— Non, non, madame Herman. Ne vous faites pas de souci. Mais des gens d'Interpol vont peut-être venir vous voir. Faites tout ce qu'ils vous demandent et ne vous inquiétez de rien. Surtout ne vous inquiétez de rien. Au revoir, madame Herman. »

Le directeur, les employés et les collaborateurs du service de sécurité ont écouté la communication avec stupeur.

« Alors, ce n'est pas un kidnapping », dit le directeur.

Le chef de la sécurité réfléchit :

« Ce n'est peut-être pas un kidnapping. Mais c'est peut-être la même chose. On a déjà vu ça. Peut-être que, là-bas, des tueurs ont la femme de Herman et son fils dans la lunette de leurs fusils. Alors, il suffit d'un coup de téléphone. »

Pendant que la police réfléchit, trois hommes descendent de l'autobus. Les deux premiers sont : M. Herman avec son attaché-case vide, Van Olsen avec son attaché-case lourd de 100 000 dollars ; le troisième, qui part d'un pas pressé, c'est le dénommé Freddy se hâtant de rejoindre la voiture banalisée de la police, qui a suivi l'autobus, pour qu'un autre homme reprenne la filature à sa place. Mais Herman hèle un taxi, Van Olsen fait la même chose, et ils partent chacun dans une direction différente.

A peine arrivé à l'hôtel, M. Herman se précipite dans son bureau et appelle sa femme au téléphone pour lui demander de rentrer aussitôt. Un policier entre sans se faire annoncer et demande :

« Monsieur Herman, pas de problème ?

— Aucun. »

En Italie, dix minutes plus tôt, Interpol Rome alertait la police de Portofino. Et, à l'hôtel Splendido, un officier des carabiniers demandait à voir Mme Herman. Dans sa chambre, la brave femme préparait pour le dîner une robe légère, un peu trop juvénile, et elle est complètement éberluée lorsque l'officier ferme les volets des fenêtres et lui demande d'appeler son fils. Lorsqu'ils sont tous les trois réunis dans la chambre, il leur déclare :

« Ne m'en veuillez pas de vous tenir compagnie... Mais nous devons passer une heure ensemble. »

Puis il décroche le téléphone pour appeler Miami.

A Miami, où l'on sait désormais que Mme Herman et son fils sont en sécurité, une armée de policiers entoure le garage dans lequel Van Olsen et l'homme au blouson blanc viennent d'entrer l'un après l'autre, à quelques minutes d'intervalle.

Projecteurs, sommations : les deux hommes se rendent sans résistance. Et pour cause : ils n'ont pas d'arme et n'ont jamais eu ni l'idée de s'en procurer et encore moins de s'en servir. Mme Herman et son fils n'ont jamais connu le moindre danger.

Tout cela n'était qu'une mise en scène soigneusement étudiée par Van Olsen, convaincu qu'avec beaucoup de bluff, des nerfs d'acier et à condition de bien choisir ses victimes on pouvait profiter de la faiblesse des autres. Ce mécanicien, qui exerçait une véritable fascination sur son jeune collègue Joe, lui avait dit :

« Je vais monter un coup fumant. Tu n'auras rien à faire qu'à me suivre à une trentaine de mètres et à faire les cent pas devant une banque. Tu mettras un blouson blanc pour qu'on te voie bien... Et, une heure plus tard, nous nous partagerons 100 000 dollars. »

Ils ont eu le temps de se les partager. Mais pas celui d'en dépenser le moindre centime. Car le téléphone n'est pas fait pour les chiens. C'est vrai pour tous les chiens.

MONSIEUR L'ORDINATEUR DE LA FIRST KANGYO BANK

UN homme en pyjama court dans une rue de Tokyo. Il est grand pour un Japonais et beau, ce qui n'a rien d'étonnant puisque c'est un acteur de la télévision japonaise. Masahiko Tsugawa, défiguré par l'angoisse, ne prête aucune attention aux passants qui le regardent ahuris. Il traverse la chaussée sans dévier de un centimètre, malgré les voitures et les camions qui font des embardées pour l'éviter. Tsugawa n'a d'yeux que pour un policeman qui, tout au bout de la rue, tente de régler la circulation. Qui tente, car en quelques secondes le désordre est si indescriptible que le malheureux baisse les bras, ayant compris que le motif de ce désordre est l'individu qui court vers lui en pyjama. Il l'attend donc de pied ferme, courtois mais agacé.

« Du calme, voyons, du calme. »

Puis il reconnaît le célèbre acteur, si essoufflé et affolé qu'aucune parole cohérente ne peut sortir de sa bouche.

« Qu'est-ce qu'il y a, monsieur Tsugawa ?

— Mon bébé ! On a volé mon bébé ! »

Pendant ce temps, la police centrale de Tokyo reçoit un appel sur le nº 110, celui réservé aux S.O.S.

« Je suis la bonne de M. Tsugawa. On a kidnappé son enfant.

— Vous en êtes sûre ?

— Oui, oui, pendant que M. Tsugawa faisait sa toilette, au premier étage de la maison, Mme Tsugawa était déjà partie à la télévision. Je me suis absentée pour faire une course pendant que le bébé dormait dans la nursery, mais dix minutes, pas plus. Quand je suis revenue, il n'était plus là. Il faut venir, il faut faire quelque chose !

— Attendez, attendez... Est-ce que vous l'avez cherché dans la maison ?

— Pour quoi faire ? Il a un an et il ne marche pas. Et puis notre voisin dit qu'il a vu un monsieur sortir de chez nous avec un paquet dans les bras ! »

Alors, c'est le branle-bas de combat désormais classique dans tous les pays du monde en cas de kidnapping. Dans leur villa du quartier ouest de Tokyo, le père en pyjama est effondré. Sa femme est en larmes. M. Tsugawa n'a eu le temps de raser que la moitié du visage.

Mme Tsugawa, qui elle aussi est comédienne, est revenue comme une folle de la télévision. La bonne tremble qu'on l'accuse de négligence, alors que personne n'y pense.

Devant eux, trois enquêteurs de la brigade volante de la police de Tokyo les interrogent. Attendaient-ils une visite ? Les commerçants ont-ils libre accès à la villa ? Qui est déjà entré dans la nursery ? M. Tsugawa et sa femme se connaissent-ils des ennemis ? Les a-t-on déjà menacés ? Etc. Dehors, d'autres enquêteurs interrogent les voisins, sondent les haies, les bouches d'égouts, le moindre escalier.

Il s'agit d'une routine probablement inutile. Et le chef de la police de Tokyo, venu en personne, ne se fait aucune illusion. Les Tsugawa prétendent qu'ils ne sont pas très riches, mais, comme ils sont très célèbres, les malfaiteurs ont pu s'illusionner sur leur fortune. Ce qu'il faut, c'est gagner du temps, en attendant que les criminels se manifestent pour demander la rançon.

Le chef de la police assiste depuis vingt minutes à l'interrogatoire des malheureux parents lorsque tous les visages, le sien y compris, se tournent vers l'extrémité de la pièce. Là, sur un meuble bas, se trouve un téléphone. Et il sonne.

La bonne, qui se tenait à côté, l'a décroché instinctivement. A présent, elle tient le combiné loin d'elle, comme s'il lui brûlait les doigts. Le père et le chef de la police de Tokyo se sont levés ensemble. Mais c'est le chef de la police qui prend le combiné. Au bout du fil, une voix d'homme assez jeune mais très calme.

« Allô ! Je voudrais parler à M. Tsugawa.

— C'est moi-même, j'écoute. »

Le chef de la police a pris une voix sourde et angoissée. Pour mieux mentir, il tourne le dos à Tsugawa qui s'est collé contre son épaule. Au bout du fil, la voix se fait plus calme encore. Le correspondant va parler lentement, détachant chaque mot pour être bien compris, sur ce ton un peu froid qu'on prend lorsqu'on traite une affaire.

« Monsieur Tsugawa, nous avons votre bébé. Pour le moment, il est bien traité. Nous voulons 5 millions de yens. Déposez l'argent au compte numéro 1326387, au nom de S. Kobayashi, à la Shinjubu Branch de la First Kangyo Bank. Je répète, nous voulons 5 millions de yens, déposez l'argent au compte numéro 1326387 au nom de S. Kobayashi, à la Shinjubu Branch de la First Kangyo Bank. C'est compris ?

— C'est compris... Mais...

— Il n'y a pas de mais... Vous avez, pour faire ce dépôt, jusqu'à demain matin cinq heures. »

Et l'homme raccroche.

Nous sommes en août 1974, et, au printemps 1963, une affaire tragique de meurtre après kidnapping a déjà conduit la police métropolitaine de Tokyo à créer une brigade de combat spécialisée. L'objectif étant, pour prendre les kidnappeurs à leur propre piège, de profiter à la fois de tous les avantages de la technologie moderne et de la coopération civique qui peut se développer en pareil cas.

« Convoquez le commando spécial », ordonne le chef de la police.

Le commando spécial réunit très vite cent cinquante-huit hommes, sous le commandement du chef de la première section spéciale d'enquête criminelle, qui donne immédiatement ses ordres :

« Qu'on évacue la villa des Tsugawa. Mais qu'on organise de loin une surveillance attentive. Qu'on me prenne un rendez-vous avec le directeur de la First Kangyo Bank, je veux voir immédiatement tous les journalistes qui sont sur le coup. »

Le front large et haut, un début de calvitie, des yeux où ne filtre pas la moindre expression, la lèvre inférieure esquissant une moue, le chef du commando s'adresse, quelques instants plus tard, aux journalistes réunis devant lui, presse, radio et télévision.

« Messieurs, vous savez que la participation des média a eu dans le passé des conséquences tragiques. Cette fois, je vous demande de ne pas toucher un mot de cette affaire. Mais je m'engage à vous informer avec précision lorsque le moment sera venu. O.K. ?

— O.K. ! », répondent à l'unanimité les journalistes.

Le travail du commando commence par la First Kangyo Bank. Sur le gigantesque bureau du directeur, il n'y a qu'une chemise en carton brun, très mince, dont il sort deux feuilles en tout et pour tout. Il les tend au chef du commando :

« Vous savez, nous ne connaissons pas grand-chose de ce Kobayashi. Le compte numéro 1326387 a été ouvert il y a six semaines, le 9 juillet 1974, avec un petit dépôt de 15 000 yens. Et vous voyez, il a depuis opéré quatre petits prélèvements. Actuellement, son compte se solde par un crédit de 2 300 yens. Je puis aussi vous donner son adresse. D'ailleurs, nous allons faire une photocopie.

— Il y a des choses plus urgentes, dit le chef de la police, l'adresse est probablement fausse et le nom aussi. Ce que je voudrais comprendre, c'est comment il pense pouvoir retirer de l'argent dans votre banque sans qu'on s'en aperçoive. »

La réponse à cette question est le nœud de l'affaire.

« Vous n'avez aucune idée à ce sujet, monsieur le directeur ? insiste le chef de la police.

— Non, je ne vois pas. »

Mais il y a comme un frémissement parmi les collaborateurs du directeur, alignés derrière lui en rang d'oignons et vêtus avec l'incroyable solennité des banquiers japonais. L'un d'eux murmure :

« Puis-je me permettre ? »

On ne l'entend pas. Il s'éclaircit un peu la voix et répète sur un ton haut perché :

« Puis-je me permettre ?

— Mais je vous en prie, parlez.

— Monsieur le directeur, je voudrais respectueusement vous faire remarquer qu'en raison de l'émotion bien naturelle où vous êtes, et dans la précipitation à laquelle cette affaire vous contraint, vous avez omis, du moins je le crois, un détail. Mais peut-être est-ce volontaire. De toute façon, vous y auriez certainement songé, mais pour gagner du temps je pourrais me permettre, si vous m'y autorisez. »

Le chef de la police éclate le premier :

« Vous voyez bien que nous n'avons pas de temps à perdre ! Si vous avez quelque chose d'important à dire, parlez vite !

— Eh bien, voilà, dit le malheureux petit homme timide. Voilà, je voulais simplement faire remarquer qu'il a opéré ses retraits dans des distributeurs automatiques. C'est donc qu'il doit posséder une carte de crédit de notre banque. »

Tout le monde se précipite sur le bureau pour voir de plus près le dossier et constater que c'est exact. D'ailleurs, le formulaire permettant l'obtention de la carte de crédit est très soigneusement agrafé comme il se doit au verso de la chemise.

« Vous remarquerez aussi que ce M. Kobayashi a opéré ses trois prélèvements dans trois quartiers différents. Peut-être a-t-il voulu s'assurer que le système fonctionnait bien, car les sommes qu'il a retirées sont ridicules. »

Là, il y a un silence. Cette fois, tout le monde a compris.

« Votre banque a combien de distributeurs automatiques au Japon ?

— Environ sept cents, répond le directeur.

— Sept cent dix-huit », précise le petit homme timide qui est le responsable du département des distributeurs.

Nouveau silence. Le chef du commando calcule rapidement : sept cent dix-huit distributeurs à surveiller font du monde ! D'ailleurs, est-ce possible ? Les distributeurs de la First Kangyo Bank sont enfermés dans des petites cabines, comme des cabines de téléphone public.

« Bien entendu, monsieur le directeur, vous vous opposeriez à ce que mes policiers entrent dans la cabine en même temps que vos clients ?

— Bien entendu. Les clients de la First Kangyo Bank ont un numéro de code secret, il n'est pas question qu'il soit porté à la connaissance de quiconque, même de la police. Et puis personne n'a à connaître le montant de leurs retraits.

— Évidemment... »

Le chef du commando est perplexe. A première vue, l'idée du ravisseur est astucieuse.

« L'ensemble de vos distributeurs représente, à peu près, combien de prélèvements par jour ?

— Certains distributeurs enregistrent jusqu'à mille retraits par jour, certains pas plus d'une trentaine. Au total cent à cent vingt mille clients passent quotidiennement par nos distributeurs. »

Le chef du commando consulte du regard ses collaborateurs atterrés. Décidément, l'idée est plus qu'astucieuse, elle est inquiétante.

« On peut prélever combien avec les distributeurs ?

— Trois cent mille yens par prélèvement. Dès que vous avez introduit votre carte et indiqué, en appuyant sur les touches, la somme que vous voulez retirer, le distributeur vérifie à l'ordinateur central que votre compte est approvisionné et vous délivre l'argent. Rien ne vous empêche de procéder tout de suite à un autre prélèvement sur le même distributeur, tant qu'il dispose des fonds nécessaires, ou à opérer de nouveaux prélèvements sur un autre distributeur. Au total, c'est illimité, la limite étant votre compte en banque, bien entendu. »

Le chef du commando imagine le suspect en train de se frotter les mains. Il a imaginé le moyen idéal de toucher une rançon, sans aucun doute.

« Mais l'ordinateur central, demande le chef du commando, il localise bien le distributeur qui procède au prélèvement ?

— Oui, bien sûr.

— Alors, ce n'est peut-être pas le crime parfait, dit rassuré le chef du commando. Combien de temps faut-il pour le localiser ? »

Cette fois, les visages se tournent vers le petit homme timide responsable du département des distributeurs.

« Il faut vérifier, répond celui-ci, mais je crains que, même en faisant très vite, il faille au moins vingt minutes aux gens de l'ordinateur pour connaître la provenance d'un prélèvement. »

Cette fois, le chef du commando baisse les bras. Vingt minutes ! C'est plus qu'il n'en faut au dénommé Kobayashi. Il peut opérer plusieurs prélèvements et disposer encore d'un temps largement suffisant pour disparaître avant l'arrivée de la police.

Samedi après-midi, demain est un dimanche. Les responsables de la firme américaine qui a vendu l'ordinateur sont introuvables.

A tout hasard, le bureau d'Interpol à Tokyo envoie une demande de renseignements au secrétariat général d'Interpol à Paris pour savoir si une police quelconque, parmi les affiliés d'Interpol, s'est déjà trouvée devant un cas semblable ? Et, si oui, comment a-t-elle pu le résoudre ?

L'enquête locale pendant ce temps détermine que l'adresse du dénommé Kobayashi est fausse. L'examen des fichiers de la police ne donne rien de plus, car, bien sûr, même le nom de Kobayashi est faux.

Il est évident que les kidnappeurs ont gagné la première manche. Le chef du commando conseille alors à M. et Mme Tsugawa d'opérer un premier versement, histoire de gagner du temps et de ne pas perdre le contact avec les ravisseurs. Le malheureux Tsugawa verse l'argent dont il dispose, à savoir 1 500 000 yens, sur le compte du ravisseur. Cette somme représente à peine le tiers de la rançon.

Vers vingt heures, Interpol Washington prend contact avec Interpol Tokyo : en Floride, il y a moins d'un an, un cas s'est posé qui présentait quelques analogies. Il s'agissait d'un escroc qui employait des cartes de crédit truquées. La banque utilisait le même type d'ordinateur, que la First Kangyo Bank et le même type de programmation. Pour le localiser, elle a modifié ce programme. Il lui a fallu trois jours. Mais l'opération peut sans doute être réalisée plus rapidement.

A la demande du chef du commando, les techniciens de la First Kangyo Bank se mettent en rapport avec ceux de la banque américaine et concluent en effet que l'opération peut être tentée.

« Attention, fait remarquer le chef du commando, il faut que vous soyez prêts demain à cinq heures. La vie de ce bébé est entre vos mains. Si demain à cinq heures les distributeurs ne fonctionnent pas, les ravisseurs pourront croire que les parents refusent de payer. Il est impossible de prévoir leurs réactions. Votre ordinateur doit marcher. »

A l'aide de télescopes à infrarouges et de micros directifs ultra-sensibles, les hommes du commando surveillent de loin la maison des parents qui attendent près du téléphone, au cas où les ravisseurs se manifesteraient à nouveau.

Pendant ce temps, les techniciens s'affairent, dans les locaux de la First Kangyo Bank, autour de l'ordinateur. Ils travaillent toute la nuit, et, lorsque le ciel pâlit à peine à l'est de Tokyo, le chef du commando est averti que tout est prêt. C'est-à-dire qu'en principe l'ordinateur peut localiser immédiatement, en n'importe quel coin du Japon, le distributeur dans lequel sera insérée la carte portant le numéro de code de Kobayashi.

Deux mille inspecteurs, par groupes de deux ou trois, surveillent les sept cent dix-huit distributeurs. Chaque groupe est relié par radio à toutes les voitures disponibles, elles-mêmes reliées à l'ordinateur de la First Kangyo Bank. C'est le réseau policier le plus serré qui soit. L'heure limite est arrivée. Cinq heures du matin : rien. Cinq heures quinze : toujours rien... Le chef du commando a prévu que si le ravisseur était localisé il ne serait pas arrêté sur-le-champ, mais suivi discrètement. Peut-être pourra-t-il ainsi conduire les policiers à l'endroit où il garde le bébé. Toutefois, cette consigne ne s'applique pas à certains distributeurs situés dans des endroits trop passagers, et où le ravisseur pourrait disparaître trop facilement dans la foule. Or, il est bien évident que c'est ce genre d'endroit qu'il devrait choisir.

Le distributeur le plus fréquenté est celui situé à l'entrée sud de la gare de Tokyo : là une foule énorme tournoie, se presse et circule rapidement. Les trois policiers qui ont la charge de la surveiller sont très nerveux, car les clients se succèdent dans la cabine et disparaissent si rapidement dans la foule qu'ils auraient à peine le temps d'identifier l'un d'eux. Aussi ont-ils reçu la consigne d'arrêter immédiatement le suspect s'il se présente.

Cinq heures quarante-cinq : toujours rien. Un peu avant six heures, un message radio part de l'ordinateur de la First Kangyo Bank : « Urgent. Nous avons reçu le signal attendu, il vient du distributeur de la gare de Tokyo entrée sud. Nous répétons : urgent. Nous avons reçu... » La voiture radio de la police qui sert de relais transmet sur-le-champ le message suivant : « Urgent. Reçu signal attendu, distributeur de la gare de Tokyo, entrée sud. Procéder à l'arrestation. » A l'entrée sud de la gare de Tokyo, le policier qui guettait l'oreille collée à son récepteur radio décoche un formidable coup de coude à son compagnon.

« Ça y est !... C'est pour nous. »

Les deux hommes regardent fixement le distributeur. Un jeune homme vient d'en sortir. Il porte une chemise jaune, fort heureusement, et ils peuvent courir quelques secondes dans la foule sans le perdre de vue. Lorsqu'ils lui mettent chacun la main sur l'épaule, le jeune homme se retourne, absolument ahuri. Il a encore dans la main sa carte de crédit au nom de Kobayashi et dans sa poche les 290 000 yens qui viennent de lui être versés par l'ordinateur.

Jamais un malfaiteur n'a été aussi surpris. Pris de court, il nie sa participation à l'enlèvement et refuse de donner son identité. Une recherche au fichier des empreintes digitales permet rapidement de faire le point : il s'agit d'un récidiviste de vingt-quatre ans, arrêté six fois et libéré sur parole après une condamnation pour vol. Il demeure dans un faubourg à quinze kilomètres de Tokyo. A six heures cinquante, il avoue que c'est sa femme qui garde le bébé dans leur appartement.

A neuf heures trente, le bébé est rendu sain et sauf à ses parents. Et le ravisseur sera condamné à dix ans d'emprisonnement.

L'ordinateur de la First Kangyo Bank a repris son programme normal. Policier silencieux et redoutable, aux mille fiches perforées. Dont une seule avait suffi pour kidnapper le kidnappeur.

TABLE

OUVRAGES DES MÊMES AUTEURS

Les Dossiers extraordinaires de Pierre Bellemare, 1976, Arthème Fayard.
Les Nouveaux Dossiers extraordinaires de Pierre Bellemare, 1977, Arthème Fayard.
Les Aventuriers, 1978, Arthème Fayard.
Les Aventuriers (nouvelle série), *1978, Arthème Fayard.*
Les Dossiers d'Interpol, 1979, Édition 1.
Les Dossiers d'Interpol 2, 1979, Édition 1.
Histoires vraies, 1981, Édition 1.

Composition réalisée par C.M.L. - MONTROUGE

IMPRIMÉ EN FRANCE PAR BRODARD ET TAUPIN
7, bd Romain-Rolland - Montrouge - Usine de La Flèche.
LIBRAIRIE GÉNÉRALE FRANÇAISE - 12, rue François 1er - Paris.
ISBN : 2 - 253 - 02834 - 7